Paralisia

André Nigri

PARALISIA

Editores
Marcelo Nocelli
Rennan Martens

Revisão
Marcelo Nocelli
Natália Souza

Imagem de capa
Metálica I (desenho de Marcelo Girard, foto de César Cury)

Design e editoração eletrônica
Negrito Produção Editorial

Dados Internacionais de Catalogação na Publicação (CIP)
Bibliotecária Juliana Farias Motta (CRB 7/5880)

Nigri, André
Paralisia / André Nigri . – São Paulo: Reformatório, 2018.
184 p.; 14 x 21 cm.

ISBN 978-85- 66887-44-0

1. Romance brasileiro. I. Título.
N689p CDD B869.3

Índice para catálogo sistemático:
1. Romance brasileiro
2. Ficção brasileira

Editora Reformatório
www.reformatorio.com.br

PRIMEIRA PARTE

Tu

Não será o sofrimento a única coisa no mundo que as pessoas de fato possuem?

Nabokov

Novembro

Um nos braços do outro. O que dizem naquele final?

A porta do apartamento bate, e a porta do carro abre com você lá dentro no banco de trás com um dos seus amigos abraçando-o, impedindo você de pular pela janela.

O carro segue por ruas escuras. Você grita para que o carro pare quando reconhece um bar se aproximando, mas o bar passa com seus alegres bêbados. Talvez você nem queira beber, pois já está inebriado o bastante com seu sofrimento. Comprime-se cruzando os braços para impedir que o calor do corpo dela evapore de seu corpo. Você não pensa senão em seu abandono e sente a alma envolvendo-se em um manto de sono e extinção, e no desejo de mergulhar no oceano do esquecimento, no silêncio do nada.

Acorda cansado no meio do dia depois de uma semana bebendo e torturado de saudades e remorsos. Não se lembra de nada: de que voltou para seu antigo apartamento para onde parte de seus móveis foram transportados com suas roupas, discos e livros, de que seus dois amigos se revezavam em visitas, de que o telefone tocava várias vezes, de que amanhecia e anoitecia. Só copos de conhaque e cachaça dançam à sua frente como bailarinas soltas no ar. A realidade é ultrajante, feroz e o dilacera, corta-o ao meio, e joga as duas partes no abismo, no álcool, e você já é um farrapo. Por alguns dias, talvez semanas, viverá sob esses estupores de amnésia.

Chega à janela. Vai ao banheiro. Senta-se no vaso, mas não há nada dentro de você, só um líquido espesso, esverdeado e ácido. Daqui para a frente, você pensa que viverá de memórias que não servem para nada, a não ser para aumentar sua própria dor. Então, senta-se na sala, bebe o que sobrou, quase nada, de uma garrafa de bebida barata, e maquina um plano para matá-la e esse desejo de matar devolve-lhe a razão.

É uma maneira de ela não pertencer a mais ninguém já que para você a vida acabou mesmo. Mas e se o plano falhar? Você vai em cana enquanto ela toca a vida dela, porque ela é bem mais feliz do que você, sente a vida mais leve do que você, e a essa altura ela já virou a página e procura se divertir e talvez já tenha até trepado com outro cara. Será que ela sabe o quanto você está sofrendo? Se sabe, será que está arrependida? Por mais que você torça para isso, torça para o telefone tocar e ela dizer para você voltar, isso não vai acontecer, meu caro.

Você precisa remover esse obstáculo, essa rocha, mas você não faz a menor ideia por onde começar e sua razão, o que sobrou dela, vaga em algum canto remoto de sua cabeça.

Será, você pensa, que a brusca ruptura do seu casamento não teria abreviado arbitrariamente o tempo de duração do amor de vocês? Por que você começou a encher a cara e a elegeu como alvo de sua vida medíocre, arrastada, cheia de indecisões e planos malogrados? O amor de vocês teria mais futuro se você se esforçasse ou não tivesse deixado a ternura secar?

Ela ocupou nos últimos três anos o lugar das outras, do pai, dos amigos, o lugar de Deus.

O que sufoca você, o que torna sua existência agora insuportável, é a sua liberdade, porque você não sabe o que fazer com ela. Você dentro da gaiola e a porta está aberta, mas você está tão domesticado que tem medo de voar. Você é incapaz de se lembrar de que houve uma época, entre seu segundo e terceiro casamentos, de que gozou dessa liberdade.

Quando a conheceu, não passou pela sua cabeça que provavelmente o que mais a atraía era sua autonomia, a maneira com que você desprezava as convenções, como se colocava diante dos outros, diante da vida, sua autoconfiança, lembra? Ela o admirava porque você era autoconfiante, andava com suas próprias pernas, era um homem seguro, sedutor, desinibido e livre. Mas você atirou tudo isso no lixo porque se apaixonou violentamente por ela, e ao se dar conta do quanto dependia dela, as coisas começaram a sair dos trilhos.

No dia do seu aniversário, ela chegou à noite do trabalho e deu-lhe de presente uma caixa com filmes de Fellini e uma antologia de Philip Roth. Você preparou camarões flambados e risoto de erva-doce, e abriu uma garrafa de um vinho muito caro. Depois do jantar, vocês se deitaram para assistir a um Fellini (*La Dolce Vita*? *Oito e Meio*?), mas ela, cansada, dormiu antes do meio do filme. Então você fez o favor de explodir de raiva, acusando-a de falta de sensibilidade justamente no dia do seu aniversário, como se você se importasse com isso, e saiu do quarto batendo a porta, deixando-a chorar sozinha na cama. O que você queria era trepar com ela, mas como ela disse que vocês fariam isso depois do filme, não conseguiu conter sua decepção.

E-mail não enviado

N.,

Não apague, por favor, e leia até o fim. É o último pedido que te faço, ainda que você deva estar se perguntando que direito eu tenho de fazer algum pedido, qualquer que seja. Vamos combinar assim, você lê, e apenas responda com um ok e então saberei que foi até o fim. Não me responda nada, se não quiser. Sei que é inútil pedir isso também.

Começo com uma pergunta: o que sobrou de mim em você? Ódio? Compaixão? Nostalgia? Fiquemos com esta última hipótese – deixei-me devanear um pouco, delirar é o que salva o louco do naufrágio. Se o que você sente é saudade, sei que seu orgulho ainda é maior e é dele que você arranca forças para suportar a solidão. Sentimos saudades daquilo que imaginamos ter vivido e não do que realmente vivemos.

Ontem, passei em frente ao prédio onde moramos durante três anos. No apartamento, pude ver uma mulher através da janela do nosso quarto. Ela arrumava a cama, estendia fronhas e lençóis. Sei que a cama dela não é a nossa. Mas quem sabe se daquelas paredes, agora pintadas de um branco gelo banal, não transpirem ainda os odores do nosso desejo? Essas paredes nos espiaram durante todo aquele tempo como testemunhas discretas e ávidas de curiosidade para descobrir o segredo de nossos corpos nus abandonados à sofreguidão.

Quando a mulher, não bonita, uma mulher normal de uns quarenta anos, percebeu minha presença do outro lado da rua, fechou a cortina com um ar ofendido. Lembra quando antes de começarmos a nos despir, você corria para fechar as cortinas e eu dizia que as deixasse abertas para que os outros nos invejassem?

Nos dias seguintes àquelas noites, imaginemos que fosse um sábado de chuva a nos acovardar para sair de casa, ficávamos seminus e ouvíamos música enquanto preparávamos o café da manhã e fazíamos planos de viagens para as próximas férias...

E-mail enviado

Minha cara N.,

O que você fará de si?

Você se extinguirá bem depressa.

Engordará muito.

Você será obrigada a mergulhar em perfumes os cheiros podres de seu corpo em decomposição.

Seus peitos se encherão e cairão sobre seu flácido estômago.

Uma rede de veias varicosas se estenderá por toda sua perna.

Suas tatuagens derreterão como pinturas de Dalí escorrendo pela pele rugosa.

Sua boceta murchará e federá.

Escute, escute bem. Ninguém, talvez uma alma andrajosa que viva nas ruas, comerá você. E você nem gozará, ou fingirá que gozou, porque não poderá mais desejar a si mesma.

J.

Dezembro

À noite, exausto de tanta autocomiseração e encorajado por três copos de conhaque, você escolhe em um site de acompanhantes de luxo, pelo qual você pagou com seu cartão de crédito para ter acesso, uma mulher chamada Kali. Você não gosta dos seios fartos dela, certamente silicone, mas fica curioso para tocá-los, e o conjunto, nas quatro fotografias disponíveis, é atraente. Paga pelo serviço completo: oral, vaginal, anal. O michê aumenta porque você a quer por três horas. Há uma observação frisada em vermelho na página de Kali: "Não aceito violência."

Você agora está com ela na cama. Ela está de quatro, não tirou a calcinha fio dental vermelha, nem os sapatos de salto alto, e está de joelhos lambendo e engolindo seu pau com sua grande boca de lábios encarnados. É um ângulo que você gosta de ver. Mas seu pau reage fracamente às investidas profissionais de Kali. Você toca com as mãos os seios ovais, que tremulam como duas gelatinas rosas. O problema é que você não consegue relaxar, não se concentra, e só pensa na sua ex-mulher.

"O que foi?", pergunta Kali.

"Não é nada. Vamos parar com isso."

"Vamos tentar mais um pouco. Você só precisa relaxar."

“Não. Obrigado por ter vindo, você é um amor.”

Sua frase idiota arranca um sorriso compassivo dela, um certo ar maternal que o irrita.

Quando abre a porta do apartamento para que ela saia, ela diz que ficou apenas quarenta minutos das três horas agendadas, mas você não quer aceitar que ela devolva o dinheiro do tempo suplementar. Depois que ela entra e desaparece no elevador, você se senta no sofá e bate uma punheta, mesmo assim, seu pau não chega a ficar duro nem quando você goza.

Está arrependido de ter enviado o e-mail, está se torturando por isso. Qual o efeito, você se pergunta andando de um lado para outro na sala, aquele coro de pragas surtiria, a não ser exibir o nível hediondo a que sua autocompaixão o rebaixara? Ela deve ter lido e depois contado às amigas a que ponto você chegou e como ela tinha agido bem ao tomar a decisão de deixá-lo. Se havia alguma dúvida, depois disso não há mais.

Logo você, por quem ela fora enfeitiçada a ponto de sacudir durante dez horas dentro de um ônibus interestadual apenas para passar dois dias no pequeno apartamento onde morava em outra cidade a qual abandonaria para voltar para sua cidade natal e recomeçar uma vida eterna com ela. Uma vida rastejante, repulsiva, com você ajoelhado sempre pronto para beijar-lhe os pés. O que ela podia mesmo fazer com aquele verme resfolegando a não ser recolhê-lo na ponta dos dedos e, com o estômago revirando, jogá-lo no vaso e apertar a descarga?

O apartamento está um lixo. Livros espalhados pela sala e pelo quarto, roupas amontoadas no chão. Há papéis, contas não pagas, correspondências comerciais, jornais não lidos, cadernos nos quais rabiscava poemas, sobre a mesa. Na cozinha, a pia é um cemitério de panelas sujas, restos de comidas descongeladas grudadas nos pratos, duas grandes lixeiras vomitando sobras, e uma fila de garrafas vazias. Nos banheiros, há vestígios de vômito no vaso e no chão. Um retrato nítido da sua ruína.

Deita-se na cama com um romance de Amós Oz, mas não consegue se concentrar e as palavras dançam sem nenhum sentido diante de seus olhos. Pensa em como ela era insaciável nos primeiros meses, no primeiro ano. Qual o limite do seu sofrimento? Você se pergunta como se estivesse deitado sobre um leito de hospital, vivo só por causa dos tubos e uma máscara de oxigênio no rosto.

Alguns dias antes do Natal, liga de novo para Kali e deixa um recado no telefone para que ela faça contato assim que puder. Depois disca o número de uma empresa de conservação e agenda para o dia seguinte uma faxineira. Arrasta-se até o banheiro, e fica sob a ducha durante uns vinte minutos.

O telefone toca no início da noite, o que te deu tempo de descer e comprar, em um mercadinho a dois quarteirões do seu prédio, uma garrafa de cachaça e duas caixas de lasanha congelada, voltar para o apartamento e beber três copos, a dosagem certa para uma anestesia de algumas horas sem deixá-lo bêbado. Tira o fone do gancho e é Kali. Sem o álcool, pensa, jamais faria uma proposta como está prestes a fazer. Pergunta se ela estaria disponível na noite de Natal e na do Ano Novo. Ela fica muda por alguns segundos. Finalmente ela responde. Não, ela passará o Natal com a família, e no Ano

Novo trabalhará em uma festa fora da cidade. "Não há como reverter isso?" De novo, alguns segundos de silêncio. "Passo o Natal sempre com a minha filha, em casa." "Por que vocês não passam aqui comigo, sem trabalho, digo sem sexo, só... para me fazer companhia..." "Não sei se é uma boa ideia", ela diz. "Escuta, quanto você quer? Vamos fazer um pacote, eu pago o dobro do que estão lhe pagando para a noite de Ano Novo. Pago também pela noite de Natal, ficamos nós três: eu, você e sua filha, apenas uma pequena celebração, e na noite de Ano Novo, passamos só nós dois. "Está bem", ela diz. Será que ouviu direito? "Ótimo." "Qual a idade da sua filha?" "Cinco", ela responde. "E o que ela gostaria de ganhar?" "Meu nome é Miriam, e o nome da minha filha é Lisa. Só me chame de Míriam, o.k.?" "Claro, Míriam."

Enquanto empurra um carrinho pelos apinhados corredores de um supermercado, um pinheirinho de Natal já está no porta-malas do carro no pátio de estacionamento, você se lembra dos dois natais passados com a família dela em uma cidade do interior sob um calor escaldante, que o amolecia a ponto de não querer fazer nada a não ser contar os dias para voltar logo para casa.

A casa da mãe dela era um conjunto de cômodos construídos em épocas diferentes, o único ar-condicionado ficava no quarto que sua sogra gentilmente cedia. A parte de trás do aparelho dava para uma área conjugada à cozinha, que virava uma estufa, uma sauna de mais de quarenta graus.

Na parte de cima, sob a laje, fora erguida uma cobertura de telhas de amianto, o que o fazia pensar em como um alimento congelado se sente dentro de um micro-ondas. Esse terraço, como eles chamavam aquela área, era pacientemente decorado para a ocasião, tornando a já estonteante decoração kitsch, algo muito próximo do insuportável, um cenário rebarbativo, um triunfo de mau gosto.

A família dela era numerosa e barulhenta, cheia de tios e tias, médicos com seus carros do ano reclamando da baixa remuneração e falando mal do governo, funcionários públicos aborrecidos, esposas submissas, mas que destilavam volúpias venenosas após alguns copos de espumante doce, mulheres e maridos infiéis, primos e primas, sobrinhos e sobrinhas, algumas delas genuínas ninfetas maliciosas vestindo shorts apertados e equilibrando-se como profissionais em saltos altos. E você mantinha o copo de uísque sempre cheio, o que ampliava os limites de sua tolerância e punha um meio sorriso no rosto diante da fuzilaria de piadas sem graça, intrigas familiares e uma torrente de preconceitos que jorrava de todos os lados. Um tédio resignado. Nas duas festas, foi o último a se levantar para ir deitar, observando os destroços no terraço como uma solitária testemunha em um campo de batalha.

Pensa com uma sensação de alívio, enquanto aguarda na imensa fila do caixa, que não podia mesmo amá-la. Porque entre vocês havia uma numerosa família que não os deixaria a sós. Ela o arrastaria com o grande peso de sua infinita família. Como uma pequena aranha, o destino dela está para sempre ligado à teia dos parentes; teia na qual ela se encontra, desgraçadamente presa, da qual não se desvencilhará e que perpetuará com filhos e netos ainda que repelisse a ideia de ser mãe.

E pra você, que sempre reivindicou a solidão a dois, mas silenciosamente, porque se o fizesse soaria como se fosse contra a família, e ser contra a família é posicionar-se ao lado do diabo, uma luta perdida. É um alívio, mas essa constatação está longe de livrá-lo do sofrimento de sua ausência por enquanto.

Agora passará seu primeiro Natal longe dela com uma puta e sua filha. Lembra-se de juntar às compras no carrinho uma caixa de bombons e depois passar em uma loja de brinquedos e comprar uma boneca de nome estrangeiro anotado em um papel dentro de sua carteira.

Continuação do e-mail não enviado

Você se lembra de nossas primeiras férias naquela vila de pescadores por ruas de areia onde andávamos descalços à noite e contemplávamos a lua sentados sobre o casco de um barco virado no descampado em frente à pousada?

Houve um dia varrido pela chuva transformando as ruelas em rios enlameados. Passamos o dia todo lendo no quarto, trepando e ouvindo música. Nada nos detinha. Você estava em cima de mim quando ouvimos o coaxar de um sapo na porta. Você me pediu pelo amor de Deus para que o afastasse da varanda, e lá fui eu depois de calçar os tênis enfrentar os batráquios.

Eles eram enormes como eu nunca tinha visto antes, lentos, pesados e bocejantes. Que mal eles poderiam nos fazer, eu pensei, mesmo assim fui chutando um a um pelos degraus da escada e voltei orgulhoso como um guerreiro que salvou a amada das garras dos representantes do mal. Você depois falou que ficou com tanto medo que eu não voltasse – o que você pensou, que eu seria engolido por eles? – que quando reapareci com o punho erguido em sinal de vitória você desatou a chorar, não sei se de nervoso ou de alegria. Em seguida rimos muito e você disse eu te amo e perguntou se envelheceríamos juntos e eu respondi que não havia nada no mundo que nos separasse.

No dia seguinte, o céu azul estava lavado pela chuva. Iríamos embora no outro dia e no fim da tarde fomos para uma pedra ver o esplendor do sol ser engolido pelo mar.

Não sei o que isso significa para você agora, se é apenas uma doce lembrança de um passado que não tem volta ou a tristeza de um futuro abortado. Pra mim, que vivo sob uma tola esperança à qual me agarro com o pouco que resta de minhas forças, essa lembrança é um fio solto cuja outra ponta eu seguro com a ilusão de um reencontro.

NATAL

Uma moça de vinte ou vinte e cinco anos, branca, não muito alta, nem magra nem gorda, com o cabelo liso preso atrás, vestindo jeans e uma camiseta clara, portando uma bolsa, aparece e entra em sua sala no dia 22. É Rita, a faxineira que a empresa de conservação mandou para limpar a sujeira de seu apartamento. Ela é simpática e tímida.

Na noite anterior, você recolheu todas as garrafas de bebida espalhadas pela sala, cozinha e área de serviço e colocou no lixo do lado de fora. Ensacou bandejas e caixas de massa congelada e levou para o mesmo lugar.

Toda vez que a faxineira vinha, às terças-feiras, quando ainda estava casado, para não ficar em casa sozinho com... (sua memória está péssima, não consegue nem lembrar o nome da mulher que limpava sua casa), Olga talvez, que tingia o cabelo de vermelho e não parava de falar de suas desgraças domésticas, você saía de casa e fazia hora em livrarias, nas poucas que ainda restavam naquela cidade decadente, e em cafés onde se sentava e ficava lendo. Sentia-se ultrajado, conspurcado quando Olga, supondo que seja esse o nome dela, aparecia e tomava conta do pequeno apartamento alugado de três quartos. Mas jamais confessava esses sentimentos à sua mulher. Pensa com um misto de vergonha e asco em Olga trocando a roupa de cama do quarto, os lençóis com manchas das noites anteriores, em Olga fuçando as gavetas das mesinhas de cabeceira onde mantinham uma pequena coleção de brinquedos eróticos para seus joguinhos. Não gosta de ter sua vida íntima espionada por ninguém, embora, saiba, isso esteja cada vez mais difícil.

Passa um maço de notas com o valor da diária para Rita, acrescenta mais um pouco caso ela precise comprar algum produto de limpeza e pede que deixe a chave na portaria porque você mente dizendo que vai trabalhar. Na verdade, você decide nesse momento, vai visitar o pai no asilo.

Não chega a surpreender ter esquecido o pai. Surpreendente é o velho ainda estar vivo. Depois da lenta morte da mãe, há dez anos, o brilhante advogado Santiago Monteiro começou sua rápida corrida para o fim. Cinco anos depois, era arriscado demais deixá-lo sozinho, ainda que na companhia de uma empregada, naquela imensa casa onde havia vivido com Clarice por mais de três décadas.

Santiago passava as tardes fechado no escritório com um álbum de fotografias na mão. Conversando carinhosamente com as fotos de Clarice, a jovem Clarice, uma das mulheres mais belas da cidade. Falava com ela também de manhã, depois do café, quando saía para o jardim de roseiras na frente da casa. À noite, entrava no quarto dela, que ele ordenou que mantivessem intacto, abria o armário onde estavam os vestidos e afundava a cabeça nas sedas macias impregnadas de perfume velho e naftalina.

O velho advogado não opôs resistência quando, você, em um contorcionismo verbal, propôs a ele mudar-se para um lugar onde poderia conversar com pessoas do nível e idade dele, e ser tratado com carinho, ter cuidados médicos e boa comida.

"Um asilo", disse o pai.

"Mas diferente de um asilo, pai."

"Um asilo é um asilo."

Ele tinha razão. Era um asilo e é para lá que os filhos acabam mandando os pais, os velhos, os inúteis, internando-os em uma creche de anciãos na beira da existência e lhes vestindo fraldas geriátricas, para não ter de se ocupar mais com eles.

Nos primeiros dois anos desse exílio do pai, você o visitava uma vez por semana. Santiago passara todos os bens para o seu nome e o elegera seu procurador, uma soma considerável que aplicada em fundos de investimento, lhe permitia uma vida confortável, sem luxos, mas com recursos suficientes para pagar as diárias do resort da senilidade, como você costumava dizer.

Parou com as visitas quando se casou pela terceira vez. Esquecia-se simplesmente de ir. Tinha certeza de que o velho não se incomodava com sua ausência enquanto você estava ocupado demais em se entregar à sua paixão.

No carro, a caminho do mausoléu de ruínas, outro dos inúmeros nomes que inventava para o lar da terceira idade, percebe que não comprou nada para o velho. Vê numa esquina um posto de gasolina com uma loja de conveniência. Sai de lá com uma barra de chocolate suíço e uma pequena garrafa de vodca da qual bebe um gole antes de dar a partida no carro.

Já havia deixado a cidade e a pavorosa periferia para trás e agora segue por uma estreita e tortuosa estrada vicinal em cujas margens surgem alguns casebres, pequenas vendas com homens sem camisa bebendo e vendedores de frutas. Em marcha reduzida, vence um acentuado aclive, de onde já se pode divisar o vale onde o cinco estrelas dos encanecidos está plantado com suas alamedas frondosas e jardins bem cuidados, e um lago artificial com carpas coloridas.

Você olha para o rosto do pai, que é conduzido por uma enfermeira gorda e sardenta, pela ampla varanda onde em grandes cadeiras homens e mulheres descansam suas decrépitas carcaças. A enfermeira o conduz até o banco em frente ao lago sob a sombra do fícus. Senta-se ao lado do ouvido bom do velho no qual um aparelho revestido de silicone trabalha para colocar em funcionamento o pouco que resta da sua capacidade auditiva.

"Trouxe isso para o senhor, pai", colocando sobre a mão enrugada de veias azuis de Santiago a barra de chocolate.

"É assim que os homens de nossa família terminam", diz o velho com a voz fina e rouquenha.

"Assim como, pai?"

"Com a alma roída habitando um corpo que daqui a pouco vai parar de funcionar."

"Ora, pai. Não seja dramático. Por que isso agora?"

"Ah, deixe o corpo pra lá. Sabemos que mais cedo ou mais tarde ele para de funcionar. Mas será que a alma, o que restou dela, também acaba? E se ela não se extinguir e sair flutuando por aí contemplando os cemitérios das lembranças de cima e invejando aqueles ossos que terminarão se transformando em pó sob as lajes?"

Quando entra no carro para voltar à cidade, toma um longo trago de vodca e começa a chorar.

No dia 24, às nove e meia, o interfone toca. São suas convidadas, a puta e a filha da puta. Horas antes, enquanto esperava por elas, tomou um banho, perfumou-se e vestiu a única camisa polo que tinha, uma calça jeans e tênis. Não era propriamente uma roupa de festa, sua ex-mulher, certamente, reprovaria isso e o mandaria vestir algo mais apropriado, mas também não será uma festa normal, nos termos dela, nem nos termos de ninguém que conheça na verdade. Enquanto esperava, ligou as luzes do pinheirinho, no pé do qual há dois embrulhos de presente, e pensava que nessa mesma hora, na cidadezinha do interior que arde como uma forja nesta época do ano, sua ex-mulher está voejando de mesa em mesa e tirando fotos com a família. É bom não estar lá, não testemunhar a celebração cafona com música alta e ruim, os tios velhos ruminando seus passados insípidos, e todo mundo tagarelando sem ouvir ninguém.

Dentre os destroços de seu recente passado, restou uma pequena caixa cujo conteúdo sua ex-mulher certamente esqueceu de verificar por causa da pressa com que queria se livrar de tudo o que fosse daquele alcoólatra alucinado.

Sob papéis velhos e contas antigas, havia uma caixinha coberta de veludo vermelho com um anel dentro. Não se lembra se foi um presente ou se ela o trouxera da casa de sua família no interior. É um anel com argola de prata e uma pedrinha brilhante fincada no topo de um minúsculo caule.

Agora o anel seria o presente de Natal para Kali, ou melhor, para Míriam. Uma gota de sadismo no oceano da raiva e da dor. Por que não?

Lili, Lisa, é uma menina de cinco anos, rechonchuda e de cabelos loiros. Traja um vestido amarelo com bolinhas coloridas e um par de sandálias brancas. Sua mãe está com um vestido claro com decote alto, mas você não consegue deixar de pousar rapidamente os olhos sobre a fenda entre os seios siliconados e sentir um leve arrepio de desejo percorrer-lhe o corpo.

Assim que entram, Lili corre em direção ao pinheirinho. É repreendida pela mãe e para, olhando para ela sem saber o que fazer, esperando uma resposta. Nenhum dos três sabe o que fazer. Você olha para Míriam e rapidamente percebe que sua maquiagem é leve, completamente diferente das pinceladas fortes de Kali, até sua boca parece menor sem o batom encarnado. "Deixa ela pegar o presente", você diz. "Posso, mamãe?" "Pode sim", responde a mãe. Enquanto Lili avidamente luta para desembrulhar o presente, Míriam se senta na ponta do sofá com os joelhos alinhados e ereta. Você está em uma cadeira próxima a ela, mas não de frente. Parece que vocês dois estão em uma sala de espera aguardando a secretária chamar para uma consulta. Você repara que ela calça sapatos fechados, de salto baixo. Ela tem o ar tímido, entre constrangido, e concentrado, parece uma mocinha acanhada. Será que é assim que elas se comportam à paisana? O exato oposto da fera lasciva, como se deixassem o fogo em casa junto a suas armaduras de ferozes e insaciáveis amazonas?

"Seu apartamento é muito simpático", ela diz, quebrando o silêncio.

Como se ela não o tivesse visto há poucos dias, mas talvez ela não tivesse visto mesmo. Simpático, não bonito. Rita fizera o possível para deixá-lo ao menos apresentável.

"Quantos livros você tem!"

Que mulher boba, você pensa, já adivinhando a próxima pergunta.

"Você já leu todos?"

"Não é assim que funciona."

Ela ri.

Você pergunta se ela quer beber alguma coisa, "tem vinho branco, vinho tinto, um espumante, alguma coisa mais forte..." mas ela quer um suco, e não tem suco, você não comprou suco, mas pode sair para comprar, "não, não precisa". "Tem refrigerante", você diz, "Coca Cola". "Pode ser", ela diz. "E a Lisa?" "Ela não toma refrigerante." Achava que todas as crianças tomavam refrigerante. "Traga uma água para ela, por favor."

Ao escapar para a cozinha você toma um gole de vodca, no gargalo e devolve a garrafa ao freezer. Sentam-se de novo no mesmo lugar. Lili mostra toda contente a boneca de nome estrangeiro que ganhou. "Como se diz", fala a mãe. "Obrigada", responde a filha.

"E você, mamãe, não vai ganhar nenhum presente do tio?"

"Lisa, por favor!"

"Ela está certa. Tem algo para você também."

Levanta-se, agacha-se diante do pinheirinho e entrega-lhe a caixinha embrulhada. "Obrigada", ela diz, "não precisava". "Já volto", você diz. Desaparece na cozinha e toma outro longo gole de vodca. Quando reaparece, Míriam está examinando o anel." Obrigada", ela diz, "é muito bonito". Coloca o anel de volta à caixa e guarda na bolsa.

É uma farsa bem montada, não há dúvida, você pensa. Mas o problema são os atores. Amadores. Pior do que amadores, são atores que não leram uma vez sequer o texto, e, como não são comediantes profissionais, não sabem improvisar, e não convencem nem a si mesmos. Menos Lisa, claro.

Lisa não precisa improvisar. Ela é a única verdadeira em seu papel. Um Oscar para Lisa, a melhor atriz, o único prêmio daquele péssimo filme. Talvez concorra também ao prêmio de melhor cenografia. Um simpático cenário, nas palavras da atriz principal.

Para quebrar o gelo da cena, você pergunta se ela gosta de ler, já que ela se referiu aos livros na estante.

"Leio revistas e alguns livros, mas não acho que você se interessa pelos livros que eu gosto."

"Como você pode saber?"

"Gosto de livros espíritas."

Ela estava certa, não é a sua praia. Mesmo assim, você pergunta: "Você é espírita?"

"Mais ou menos. Gosto dos livros, e, de vez em quando, tomo um passe."

"Então você acredita na reencarnação."

"É claro que acredito."

Então você tem tempo de pensar que em sua atual encarnação ela é uma puta, uma etapa na purificação da alma por meio da promiscuidade do corpo. E eu, você se interroga, sou uma atual encarnação de quem?

"Você não acredita em Deus?"

Não, você tem vontade de responder, só acredito na dor. Mas resolve dizer que infelizmente não consegue acreditar em Deus, não tem provas de que Ele realmente exista.

"Em que você acredita?", ela pergunta.

"Na beleza. Acredito na beleza."

"Então é por isso..."

"Então é por isso o quê?"

Ela não responde. Ficam em silêncio olhando Lisa brincar com a boneca.

Você olha o relógio, vai até a geladeira, tira de lá a garrafa de espumante, desarrolha a garrafa e enche duas taças.

"Ao menos uma taça você toma."

"Está bem."

O resto desse filme B não merece ser narrado. Vocês três sentam-se à mesa, comem, cada um, um prato de chester com arroz de lentilha, depois uma torta de maçã, e à uma hora, em ponto, conforme o combinado, ela se levanta, chama a filha e as duas caminham até a porta.

"Obrigado", você diz.

"Diga obrigada ao tio, Lili."

A menina diz o que mãe manda segurando a boneca no colo.

"Só uma coisa", ela diz, quando os três estão parados no hall à espera do elevador.

"Sim."

"Era dela? O anel?"

Há um nó em sua garganta e você só consegue balançar a cabeça.

"Me desculpe", ela diz.

"Não tem importância."

"É por isso que você não acredita em Deus", ela diz sem dar tempo de resposta, porque desaparece no elevador com a filha.

Continuação do e-mail não enviado

Talvez com o tempo virá o esquecimento e meu corpo em seu corpo irá se desfarelar e misturar-se no ar. Mas nem todo o tempo do mundo será capaz de apagar a ternura da sua face em mim. Ela permanecerá em algum lugar remoto, bruxuleando sua chama, não ardendo, mas iluminando uma pequena cava da minha alma.

Posso sentir ainda agora seu hálito enquanto estou deitado. O que me causa mais dor é ter agido como se a infelicidade não pudesse me atingir. Então eu gritava com você, mentia dizendo que ia à padaria quando ia para o bar. Por que eu não podia ser apenas eu mesmo? Talvez tenha sido meu orgulho.

Logo que nos conhecemos eu recuei, assustado com tamanha promessa de felicidade, e deixei você no controle. Deixei o peso sobre seus ombros. Acreditei que ficaria incólume. Mas por causa disso gritava com você e começamos então a nos machucar como duas toupeiras que se encontram debaixo da terra.

Uma vez, talvez você se lembre, você disse chorando que descobria diante de mim torpezas que você julgava ignorar que possuía. Se o que eu entendia a respeito do amor causava-me tanta ansiedade, dores no estômago, raiva, ciúme, então a ideia que eu fazia do amor era de que ele só é possível se coberto de sofrimento.

Eu não imaginava que você pudesse ser a causa do meu sofrimento. Por que deixamos a felicidade escapar e não lutamos para ela nos envolver na sua cálida brandura? Será que estamos destinados a não ser senão cobaias de uma experiência enganosa? Brinquedos nas mãos de um deus entediado?

Acordo no outro dia, nem sei se é outro dia. Não conto mais o tempo, não consigo acreditar mais em nada, muito menos que amanhã será diferente de hoje. Acordo e ouço você berrando. Você não berrava para os outros, não berrava para seus pais, não berrava para seus irmãos, não berrava para a imensa colmeia de sua família. Com todos os outros você se comportava fora de suas convicções. Só eu estava dentro dos limites de suas convicções, de suas inquestionáveis razões. Eu esperava que você se acalmasse, que sua fome fosse satisfeita antes de atingir minha carne. Você se trancava no quarto, chorava e via televisão. E na manhã seguinte vinha até mim, deitava-se a meu lado e dizia que me amava.

Na imagem que tenho de Kafka, há uma jaula. No começo do conto essa jaula com um enxergão sobre o assoalho é colocada junto às atrações mais concorridas de uma feira de variedades. Antes do cinema e dos grandes shows de música pop, que você venera, circos e feiras de variedades arrastavam multidões de curiosos pelas cidades por onde passavam.

Uma das atrações mais cobiçadas do circo de Kafka é a de um homem que jejuava. Ele está lá dentro, entre as grades, sentado, às vezes deitado, às vezes de olhos fechados, talvez dormindo, sobre o enxergão, com seus ossos espetados sob a pele à vista de todos. Todos estão fascinados pelo espetáculo de seu definhamento, de sua lenta extinção. Todos estão excitados demais para se preocuparem com algum tipo de decência, alguma compaixão.

Os homens são dominados pelo fascínio do horror, de assistir ao horror. Nosso fascínio pelas imagens das pilhas de ossos humanos jogados em grandes valas nos campos de extermínio da Europa é irresistível. Nós só fingimos abominá-las; mas não conseguimos desgrudar os olhos dessas imagens. Porque o horror nos habita e é muito mais poderoso do que nossa decência.

Penso que você mantinha seu artista da fome muito bem tratado, ao alimentar sua satisfação, seu narcisismo incansável. Mas mesmo um espetáculo tão fascinante chega uma hora que cansa, torna-se banal, indiferente, e ansiamos por uma nova atração. Mesmo um jejuador se cansa.

Na história de Kafka ele é substituído por uma pantera, o símbolo supremo da força, da explosão da força. Então eu me transformei, para não apagar seu fascínio, em uma pantera de mandíbulas esmagadoras. Uma fera sólida e irresistível. Não mais um artista da fome, mas um artista da insaciabilidade.

Antes do Ano Novo

São onze horas da manhã do dia 30 e o telefone toca três vezes. É Míriam.

"Quero desistir", ela diz.

"O quê?"

"Olha, não sei se foi uma boa ideia. Nunca fiz o que fiz no Natal."

"Mas o que você fez no Natal? Você e sua linda filhinha não se divertiram? Eu me diverti."

Você sabe que ela sabe que não se divertiram, só houve constrangimento e o *grand finale*. Lisa talvez tenha se divertido. Uma criança de cinco anos se diverte com muito pouca coisa, com qualquer coisa.

"Eu não deveria ter aceitado. Ainda mais por dinheiro."

"Você está arrependida de ter passado o Natal aqui, arrependida de ter passado o Natal comigo?"

Por que ela não estaria arrependida, você se pergunta enquanto ela pensa na próxima resposta. O que você acrescentou ao Natal dela e da filha?

"Acho que sim. Quer dizer, eu sempre, desde que a Lisa nasceu, passo o Natal só eu e ela. Só nós duas. Não sei o que deu em mim."

"Você quer dizer que eu atrapalhei vocês? Sua filha não ficou contente?"

"Não, não é isso. Ela gostou do brinquedo, está brincando com a boneca sem parar, falando que o tio é bem legal. Gostou de você."

"Então? Ela ganhou um tio. Isso não é bom?"

"Não sei. Deixa pra lá. Só que não quero mais te ver. Vou devolver o dinheiro, todo o dinheiro. Do Natal e do Ano Novo."

"Você não pode fazer isso. Fizemos um acordo, um contrato."

Por que você está tão preocupado com isso, com uma garota de programa com quem você nem gozou? Aonde você quer chegar?

"Estou rompendo o contrato e devolvendo o dinheiro. Posso pagar até uma multa se você quiser."

"Não quero o dinheiro. Quero que você venha no Ano Novo como combinamos."

"Por quê? O que você viu em mim?"

"Quero Kali, Míriam. É isso o que quero. Pelo Ano Novo, estou pagando para Kali."

Foi uma resposta dura, você sabe, mas como tudo desandou mesmo, não será uma resposta dura que vai piorar as coisas mais do que já estão desarranjadas.

"A garota de programa."

Há um tom de tristeza temperada de ironia na resposta ou foi apenas uma impressão sua?

"Por que não?"

Já percebeu que Míriam é dada a longos silêncios, uma pessoa acostumada, talvez treinada, para retardar as respostas.

"Olha, eu não devia ter passado o Natal aí. Foi pelo dinheiro. O dinheiro às vezes estraga tudo."

É surpreendente, você pensa, que uma garota de programa use esses termos para se referir a dinheiro.

"Venha, por favor."

É isso mesmo, você está implorando a uma puta.

"Não posso."

"Que história é essa de não posso?"

"Olha, vou ser sincera. Me desculpe."

"Desculpar o quê?"

"Fiquei com pena de você."

"Então é isso? Só por isso? Você costuma ter pena de seus clientes? Imagino que muitos inspirem pena em você. Como é que você ganha a vida então?"

"Não, não tenho pena. Sou uma profissional, faço o melhor que posso."

"Então venha, como profissional. Prometo que não vou dar motivos para ter pena de mim. Só quero me divertir com uma mulher bonita."

"Sei que você está mentindo."

"Não estou. Desejo você."

Você não a deseja, é claro que não. Isso explica mais um silêncio prolongado do outro lado da linha.

"Você não me deseja. Não consegue por enquanto. Mas isso não vem ao caso."

"Não sei o que você quer dizer e não quero saber. Vamos deixar essa história de Natal de lado."

"Não sei."

"Já é um começo."

"Como um começo?"

"Imploro que venha e depois nunca mais nos vemos."

"Não tenho certeza."

"Venha. Pode ficar uma hora. Não precisa ficar o tempo que combinamos."

"Não sou disso. Cumpro meus compromissos."

"Você não está cumprindo ao desistir de vir!"

"O.K."

"Isso quer dizer que você vem?"

"É."

"Ótimo. Vamos nos divertir."

"Não. Talvez você se divirta, sou paga para divertir você."

"Tudo bem, como você quiser."

"Está bem."

"Ficarei à sua espera."

"O.K."

"Até logo."

"Até logo."

Fim do e-mail não enviado

Com a fera enjaulada, você pensava que podia dominá-la. Mas um animal ferido torna-se muito mais perigoso para o caçador do que um animal são. Um animal sadio teria saído correndo de sua mira, escondendo-se longe de seus olhos. É preciso ter muito sangue frio para abater uma pantera machucada. Uma fera sofrendo uma bárbara indignidade. Tendo sua dignidade esmagada. Longe de você, ou sob seus olhos cerrados, este animal promovia pequenas e furtivas fugas para beber. O que pode fazer um homem que agoniza à espera da guilhotina senão encher a cara?

Nosso leito nupcial não conheceu a fase entre o altar do gozo e a arena da morte. Refiro-me ao período de tédio durante o qual um se cansa lentamente do outro, essa longa fase a que tantos casais se conformam como ovelhas em um redil esperando sem saber sua vez de caminhar até o abatedouro. Não, minha cara, nós queimamos essa etapa para arder em nosso ódio recíproco. Por que nos odiamos tanto? Por que não conseguimos nos tornar amigos, como tantos casais por aí? A amizade não é um componente essencial do casamento? Tampouco soubemos velar nosso ódio como meus pais fizeram. Nem isso eu aprendi com eles. Não aprendi porque achava repulsiva, intolerável, a farsa que sustentava o casamento deles. Mas quando minha mãe ficou doente, ele não saía do lado dela. Ficava o tempo todo sentado num canto do quarto onde ela morria. Nem durante aqueles meses até ela morrer ele foi capaz de dizer qualquer coisa.

Hoje vejo que me pareço com ele. Eu não o suportei, eu o odiei, queria ser o contrário do que ele era. E acabo, veja você, igual a ele. Até consigo sentir amor por ele. E se ele tivesse realmente amado a minha mãe, mas não soubesse como demonstrar? Quem sabe como demonstrar amor? Você? Eu? Nisso fracassamos juntos: o carrasco e a vítima.

Você se lembra de quando um dia ocorreu-me a ideia de escrever um conto, uma novela, um romance, pouco importa, à la Stevenson? Uma visita a Hyde e Jack? O título foi a primeira coisa que me ocorreu: *Chaplin e Hitler têm o mesmo bigode*. Você disse sensacional, escreva mesmo. Durante uns bons dias, talvez algumas semanas, eu tentei. Escrevia e apagava, escrevia e apagava. Às vezes chegava mais longe para então desistir e jogar no lixo. Nada me contentava. Eu dizia a você, quando você me perguntava como ia a história, que todas as tentativas me soavam como plágios, que eu não encontrava uma voz própria, embora eu tivesse a história bem clara na minha cabeça.

Chaplin e Hitler eram uma mesma pessoa, habitavam o mesmo corpo, só que de costas um para o outro, dividindo os mesmos órgãos, apenas as cabeças eram diferentes, como uma anomalia, uma anomalia mais assustadora do que xifópagos. Um torturava o outro o tempo todo, quando no fundo deveriam se amar. Qual poderia ser o final dessa história senão a morte de um deles? Havia alguma outra chance de redenção? Então quem redimiria quem? Chaplin, é claro, pois ele era bom e passeava com Carlitos pelo mundo, espalhando ternura e amor. Hitler, por seu lado, seria esmagado, pois espalhava ódio e morte como ninguém antes dele. Mas como matá-lo se ambos existiam em um só corpo? Um corpo aleijado?

Era assim que eu pensava que somos, como penso que a humanidade seja. Um não existira sem o outro e eu pensava que ambos, na minha história, eram a mesma pessoa e dependiam um do outro, como o dia precisa da noite, o preto do branco, o velho do novo, o futuro do passado, Jesus de Judas, deus do diabo, o ódio do amor, e você de mim.

J.

Ano Novo

São cinco e meia. Desde a conversa com Míriam conseguiu se manter sóbrio. Não sentiu vontade de beber, mas também não sentiu fome. Obrigou-se a comer uma bandeja de lasanha de frango preparada no micro-ondas. Conseguiu também avançar algumas páginas no romance de Amós Oz. Agora é obrigado a interromper a leitura porque o telefone toca. Será que é Míriam desistindo de novo? Atende. Não é Míriam. É um dos amigos que o salvaram do naufrágio naquela noite. Esse amigo é professor de história e dá aulas na universidade federal para alunos do mestrado. Ele quer saber onde você vai passar a virada do ano?

"Em casa."

"Nada disso. Escute, nós vamos para um sítio amanhã. Umas quinze pessoas. Os casais com filhos, como nós, não levarão os filhos, e haverá pelo menos umas quatro mulheres livres em chamas por lá. Falei com o organizador, o dono do sítio, é um colega do departamento. E ele disse que tudo bem se você for."

"Ele me conhece?"

"Não, acho que não. Talvez vocês tenham se cruzado em alguma festinha aqui em casa. É um cara bacana, um grande gozador. Um dos poucos que pensam no departamento. Ele também está solteiro. Diz que não há vida melhor que a de solteiro. Parece um menino e já tem quase sessenta anos."

"Hum."

"Então, vamos? Vou ficar com inveja de vocês dois, podendo aproveitar como cães vadios o cio das cadelas que estarão soltas por lá."

"Não vai dar."

"Passamos aí pra te pegar amanhã no meio da manhã. Chegaremos a tempo para o churrasco."

"Não vai dar."

"O quê? Não estou entendendo. Não estou ouvindo direito. Você não quer ir? Vai passar o réveillon sozinho?

"Não estou no clima."

"Você tem de parar de sofrer, Jô, parar de pensar nela. Já acabou. Bola pra frente. Sei que é terrível." (Não, ele não sabe como é terrível, não pode saber). "Mas não é a morte." (Senão é a morte, está próximo dela, ou talvez a morte seja preferível a isso).

"Não vai rolar mesmo. Mas não se preocupe. Está tudo bem."

"Claro que não está. Você vai encher a cara e apagar sozinho no seu apartamento pensando naquela vagabun..."

"Pode ir até o fim."

"Me desculpe. Mas você tem que dar um tempo. No sítio vai ter gente interessante pra conversar. Mulheres disponíveis. Um bom antídoto."

"Não se preocupe. Ficarei bem aqui e não beberei até cair. Valeu mesmo pelo convite, mas não estou com espírito."

"Que merda. Mas me prometa que não vai fazer nenhuma besteira, tá?"

"Que besteira eu faria?"

"Sei lá. Não se mate pelo menos."

"Não. Ainda não é hora."

"Tá bom. Mas, olhe, se mudar de ideia me ligue, viu. Mude de ideia e me ligue. Passamos aí pra pegar você. Promete?"

"O quê?"

"Que vai pensar e me ligar se mudar de ideia, porra."

"Prometido."

"Tá bom, então."

"Valeu."

"Se cuide."

"Pode deixar, estou me cuidando."

Não é verdade que está se cuidando. Depois da conversa, por que o amigo tinha de tocar no nome dela? Desceu, caminhou até o mercadinho e comprou uma garrafinha de cachaça. Já bebeu dois meios copos quando o telefone toca de novo. Atende e é o outro amigo que o salvou. Esse amigo é economista e tem uma boa reputação no mercado como consultor financeiro. Ao contrário das oscilações do mercado – títulos e ações flutuantes, operações de risco – a vida doméstica dele é estável. É casado com uma bela mulher, engenheira civil. Eles têm uma filha aproximando-se perigosamente da adolescência, mas os pais não parecem muito preocupados com isso. Os dois vivem bem, estão casados há quatorze anos. O amigo reclama de tédio e de algumas manias dela, mas apresentam-se como um casal seguro, indestrutível, um caso raríssimo, um milagre. Uma vez, durante um almoço, há uns três ou quatro anos, eles conversavam sobre o assunto de que mais gostavam: livros. Você estava fascinado com *O Duelo* de Tchekhov. Era dessa história que falavam.

"Há uma coisa que me irrita no conto", você disse.

"O quê?"

"A remissão no final."

"Mas por que te irrita? Parece inverossímil?"

"Nos termos de hoje, me parece. Sob a perspectiva do nosso tempo. Vamos eliminar o episódio do duelo em si. Fiquemos apenas com o desfecho. Você acha que hoje seria possível?"

"Por que não? Talvez, em termos de probabilidades, as chances sejam menores, mas não impossíveis."

"Nossa geração e, sobretudo, nossa geração de mulheres não pensaria um segundo em saltar do barco caso, para usar os termos de Tchekhov, ela se desafeiçoasse dele. Você não acha?"

"Não sei. Laievski de fato queria ir embora, fugir a qualquer custo, não suportava mais aquela vida à beira mar, as pessoas, tudo. Sonhava com Petersburgo, de onde saíra com Nadja, que era casada. Fugira com ela pensando romanticamente que seriam felizes em um lugar cercado de natureza. Mas em dois anos, em apenas dois anos desafeiçoou-se dela."

"Exatamente. Como muitos de nós, não é? Dois anos, depois começa a guerra."

"No casamento é preciso ter paciência, não é o que diz Samoilenko a Laievisk? Pode ser que a falta de paciência cada vez maior em nosso antigo modelo de casamento seja a razão da pouca durabilidade das relações."

"A urgência do desejo. O desejo cada vez mais impaciente. O desejo não conhece a paciência, simplesmente não está em seu repertório."

"O casamento é um contrato."

"Você, como economista, deve saber bem disso. Economistas não gostam que se descumpram contratos."

"No entanto, quando uma das partes rasga o contrato, não há muito o que fazer. Na economia, há multas, rescisões. Na vida amorosa, não.

Vocês ficaram um pouco em silêncio até seu amigo economista perguntar:

"Mas você não gostou mesmo do final?"

"Achei religioso e moralizante."

"Os dois envelhecendo juntos, você quer dizer."

"Sim. Parece fácil demais e não se parece com Tchekhov."

"Mas Tchekhov não é um dos maiores justamente porque nos surpreende sempre?"

"Pode ser, não sei."

"De todo jeito, é uma obra-prima."

"É. É uma obra-prima."

"E muitas obras-primas podem nos parecer inverossímeis."

"É verdade."

Agora no telefone seu amigo pergunta se você vai mesmo passar a virada do ano sozinho.

"Vou sim. Nunca liguei muito para isso."

"Tudo bem. Nós vamos ficar em casa também. Vivi (a filha deles) vai para casa de umas amigas, mas nós dois vamos ficar por aqui. Além do que, não há muito o que comemorar."

"É. Não há."

"Quer dizer, não me refiro a isso que você está pensando. Falo do país. Da merda em que estamos."

"É, uma merda mesmo. Você acha que vai piorar?"

“Tenho certeza. Mais um ano. Ainda não chegamos ao fundo do poço.”

“Acho que não também.”

“Bom, mas eu liguei para te convidar para ficar aqui conosco. Posso cozinhar alguma coisa e a gente bate um papo.”

“Vou passar por aqui mesmo. Obrigado pelo convite.”

“Você tem certeza? Prometo que não falarei mal do país.”

“Isso torna o convite quase irrecusável, não há dúvida. Mas quero ficar por aqui. Está tudo bem. Não se preocupe.”

“Bom, você é quem sabe.”

“Pode deixar.”

“Então um abraço. Se cuida.”

“Você também.”

São duas horas da tarde do dia 31 e dois homens, jovens e de camisa creme com gola vinho, deixam três caixas de papelão sobre a pia da cozinha. Você lhes dá uma gorjeta e os dois lhe desejam um feliz ano novo.

Verifica a encomenda do bufê: uma torta fria de bacalhau, uma musse de pupunha e glacê de limão. Há duas garrafas de vinho branco na geladeira e um champanhe. Há também uma garrafa pequena de vodca no congelador. Não bebeu até agora. Acordou às onze, sem ressaca – alcoólatras não têm ressaca, mas perdem a memória imediata. Não se lembra dos detalhes das conversas de ontem com os amigos.

Para passar o tempo pega o romance de Amós Oz e se deita no sofá. Será que não devia ter aceitado o convite do amigo professor de história? A essa hora, as mulheres, quantas eram mesmo?, já devem estar chapadas. Tarde demais. Agora é melhor ficar na realidade e se concentrar em Kali. Quer fazer sexo anal com ela.

Durante seu épico período de poligamia entre o segundo e o terceiro casamentos poucas mulheres toparam sexo anal. Mas houve uma inesquecível. Denise. Lembra-se de Denise? Uma mulata clara, com uma rosa tatuada na anca.

Conheceram-se em um aniversário de uma amiga em comum em uma mesa de bar.

Denise não gostava de aproximações físicas em locais públicos. Uma vez quis beijá-la em um bar tex-mex frequentado por roqueiros barbudos e cabeludos que jogavam dardos e fliperama. Denise recuou a cabeça quando você já podia sentir o cheiro de seu hálito azedo de cerveja.

Ao longo de alguns meses encontravam-se primeiro em bares e depois iam para o seu apartamento porque Denise ainda morava com os pais. Ela estava sempre de calcinha branca cavada. Não gostava de sexo oral, nem de fazer nem de receber, mas seus lábios vaginais, no entanto, estavam sempre endurecidos de excitação quando se despiam, e floresciam para fora lembrando uma imensa flor rosa carnívora, abrindo e fechando, sôfrega, um ardor latejando de sede, implorando ser violada, expelindo cheiros ácidos. Então você começava a fodê-la brutalmente porque ela desejava que fosse assim. Denise, a jovem sorridente e pudica que não gostava de carícias públicas, que se envergonhava de beijar na boca com gente por perto, deitada, joelhos dobrados em um v bem aberto, a virilha fusca depilada, apenas um tufo cerrado de cerdas grossas e selvagens, Denise e seu resplandecente corpo jovem e firme. Você a fode. Agora ela está de quatro, e você vê deslumbrado e febril a bunda firme, a rosa tatuada cor de mel da pele dela. Você a fode mas ela não está satisfeita ainda. Ela quer mais. Quer que você enfiei no cu dela, quer sentir dor, não importa, ela implora. Ela não para de urrar, parece uma leoa urrando de prazer, gozando sem parar... Houve uma noite em que vocês não conseguiram esperar até chegar ao seu apartamento e foram para um motel. No chão do quarto, havia canaletas de fibra transparentes iluminadas por fachos de luz vermelha, verde e amarela, e cheia de água sob a qual carpas coloridas nadavam indiferentes. Foi no território sem fronteiras com Denise o tempo no qual você viveu a plenitude da liberdade, lembra? Teme que sim e sua memória desembarca em uma noite em que vocês estão sentados à mesa de um bar prelibando mais um mergulho no oceano do sexo, quando de repente ela comenta que o analista dela perguntou se vocês dois estavam namorando. Você pergunta o que ela respondeu, sentindo a maré de desejo recuar. Ela diz que respondeu que sim e pergunta afirmando para você se não é verdade que vocês dois estão namorando. E você mente confirmando. Mais tarde, já na sala de seu apartamento, ouvindo jazz, seu corpo disse a verdade, ao abandonar o desejo de violá-la. Depois daquela noite vocês até saíram mais algumas vezes e treparam. Mas você já não sentia mais o tesão de antes. Então você não ligou mais para ela, e quando ela ligava, você inventava uma desculpa, prometia ligar depois e nunca mais ligou.

Quando se apaixonou pela mulher que há poucas semanas o expulsara de sua vida, primeiro, houve uma longa troca de e-mails. A dança do acasalamento. Tudo sob controle: excitação ascendente, curiosidades contidas, exibições de estudado ceticismo, risos, piadas, críticas, impressões sobre autores, família, amigos, confissões eróticas veladas, pontadas de ironia, avanços, recuos, mistério. Por que será que depois que seus corpos se uniram acabou o encanto do mistério?

Você faz essas perguntas em sua cabeça observando Kali, sentada no sofá à sua frente, trajando um vestido justo vermelho e curto, sapatos pretos de saltos muito altos. Ela está de pernas cruzadas e o que você vê é muito agradável: uma bela mulher de menos de trinta anos, de pernas lisas, viçosas, bem depiladas, pele macia e tonificada. Uma mulher atraente e sexy, tremendamente sexy.

Há um obsequioso silêncio, um ar de constrangimento, entre vocês dois. Você então se levanta e vai até a janela, uma janela grande que rasga toda a parede da sala e que dá para outras centenas de janelas do amontoado de prédios vizinhos. Através de muitas dessas janelas você vê pessoas, a maioria de branco, rindo, falando, se mexendo, copos na mão, divertindo-se e saudando a passagem do ano. Mas o que chama sua atenção é um homem nu, de trinta ou quarenta anos, calvo, mais gordo do que magro, sentado próximo à janela escancarada de um prédio baixo cujas costas dão para o seu prédio. O homem está se masturbando, ao menos é isso o que ele parece tentar fazer. Está com o telefone em uma das mãos enquanto a outra mão anima seu pênis, que não dá para ver ao certo se está duro ou não. O homem sabe que está sendo observado. Sabe e continua se masturbando, como se não se constrangesse com isso. Ao contrário há um tom provocador na cena. Você imagina que esse homem está exibindo sua solidão para os outros, para o mundo. Eis aqui minha solidão a qualquer momento ele vai gritar. Agora você sente Kali se aproximar e parar ao seu lado. Dá para sentir a penugem do antebraço dela roçar no seu. Uma primícia de emoção erótica sobe-lhe pelo corpo. Gosta disso. Você desliza sua mão pelas costas nuas dela até a nuca. Ela vira a cabeça e sorri. Então ela, suavemente, gira seu corpo de modo que você fique de costas para a janela. Ela se ajoelha e começa a despi-lo. Com a língua ela acaricia seu pau. Você rapidamente fica excitado, muito excitado. Ardendo de desejo. E é assim que começa...

SEGUNDA PARTE

Eles

Em toda história existe um silêncio, alguma visão oculta, alguma palavra não dita.

J. M. Coetzee

Clarice

Fui mais que do uma simples empregada de dona Clarice Monteiro. Ela me acolheu como se fosse sua filha. Trabalhei toda uma vida para ela e o doutor Santiago. Vi Jofre crescer e depois casar. Graças à dona Clarice, estudei e hoje, depois de dar aulas, estou aposentada. Ela me deu uma casa. Esta onde moro hoje.

A casa onde trabalhei era grande, de dois andares, com um belíssimo jardim na frente. Dona Clarice era quem cuidava do jardim. Foi ela quem me ensinou os nomes das flores e das rosas. Havia vários tipos no jardim: alamandas roxas e amarelas cobrindo os muros, caliandras drapejando raios vermelhos no verão, inchados cachos de violeteiras, buganvílias que também enfeitavam vasos na grande sala de jantar, flores de maio, peônias que ela recolhia e fazia belos buquês, cravinas que floresciam o ano inteiro e lindos arranjos de azaleias. No meio do jardim, havia uma escultura, parecia um anão, um desses anões de jardim, muito comuns naquela época. Mas não era isso. Dona Clarice me explicou que era a estátua de um deus muito antigo chamado Verturno. É ele, ela me disse, quem preside as estações, vela pela fertilidade da terra, a germinação das plantas, a floração e a maturação dos frutos.

Era uma estátua de um homem pequeno e engraçado, branca, sustentando na mão direita uma cornucópia de flores.

Aconteceu numa manhã de maio. Naquela época, a transparência do ar era cristalina, o azul era profundo, o céu parecia congelado, sem uma nuvem sequer. Não como hoje, com a poluição acinzentando os dias.

Eu estava na sala, limpando alguma coisa, quando ouvi ela gritar.

Corri até o jardim e a vi, no canteiro das rosas, ajoelhada no seu avental branco e o chapéu de abas largas adornado por um lenço salmão. Estava com as duas mãos juntas, parecia rezar.

"O que foi que aconteceu, senhora", eu perguntei. Ela virou-se para mim, tinha os olhos marejados, e mostrou-me a ponta de um dos dedos de onde escorria um filete de sangue. "Não é nada", ela disse, "apenas um pequeno descuido, estava sem luvas e espetei a mão em um espinho do caule desta rosa vermelha."

"Vamos cuidar disso, senhora." Ela olhou para mim como se fosse uma criança que exagerava a dor de seu machucado. Tirou a tesoura do bolso da frente do avental e me entregou pedindo que eu colhesse a rosa. "Quero te mostrar uma coisa. Traga a rosa e vamos subir", disse ela.

Entramos juntas num dos quartos de solteiro ou de hóspede, mas que não recebia hóspede algum. Um dos dois quartos desocupados, mas limpos, mobiliados e arrumados, do andar de cima. Havia ainda outros dois quartos: um de casal, e o outro de Jofre. Ela trancou a porta do quatro por dentro, caminhou até o armário, sacou um molho de chaves do bolso da frente do avental e abriu uma das portas. Havia alguns vestidos pendurados em cabides. "São vestidos de meu tempo de menina", ela disse. Com outra chave, pequenina, abriu o gaveteiro na parte debaixo do armário. Tirou dali uma pasta de cartolina fechada por elásticos nas pontas. Ficou em silêncio por alguns instantes com a pasta na mão. Talvez ela estivesse avaliando se a abriria ou não na minha frente. Então pediu que eu me sentasse numa das camas, a que ficava próxima à janela, e sentou-se ao meu lado com a pasta no colo. Puxou cuidadosamente os elásticos e tirou lá de dentro uma gravura coberta por um papel de seda amarelado e me mostrou o desenho. Deslizou suavemente o dedo pelo desenho e, colocando-o sobre meu colo, perguntou o que eu via nele. As cores estavam esmaecidas, provavelmente pelo tempo. Havia alguma desordem nos verdes aplicados variando entre tons mais profundos e mais amenos. Era uma vegetação densa. No centro, uma mulher, mas podia ser também uma menina, o corpo mirrado, de costas, um lenço claro na cabeça, vestido simples, uma imagem fora de foco. A pele clara dos braços da menina e das batatas das pernas foi realizada com pinceladas precisas. Um longo cabelo estendia-se pelas costas saindo do lenço. Enfim, um simples desenho de uma moça caminhando em um sendeiro no meio da mata. Fiquei muda. Depois disse o que vira. Depois disse que era bonito, embora não tivesse sido em nada arrebatada por aquilo. "Preste mais atenção. Olhe a mão da menina. O que ela leva na mão?" Foi o que dona Clarice me perguntou. Na extremidade de um dos braços da moça, havia um ponto de cor ardente. Um vermelho concentrado ligado a um caule que quase não se percebia. "É uma rosa vermelha", eu disse. Ela sorriu e ergueu a rosa que há pouco eu cortara para ela no jardim.

"É a senhora aqui?", perguntei.

"Foi um menino quem pintou. Há muito tempo."

"No interior?"

"É, quando eu era criança."

Então ela me contou a história. Uma história que, ela me disse, não havia contado para ninguém. "O meu segredo", ela disse.

"Andávamos juntos por toda parte. Ele era muito bom e delicado. Gostava de desenhar e pintar. Nunca tinha conhecido um menino que gostasse tanto de flores. Ele trabalhava na cooperativa de leite. Acordava de madrugada e subia numa carroça, distribuindo garrafas de leite fresco nas portas das casas. Depois do almoço, ia para a escola cheirando a leite. Os meninos o chamavam de o menino do leite, mas ele não ligava. Mesmo cansado, com as bochechas sempre rosadas por causa do sol tomado na carroça, ele prestava atenção nas aulas e anotava tudo. No recreio merendava sozinho, encostado no tronco de um jambeiro. Ficava ali desenhando, indiferente e alheio a tudo, até o sinal tocar. Os meninos às vezes riam dele, por causa do jeito diferente, e diziam que o leite o tinha azedado. Mas ele não estava nem aí. Um dia percebi que ele não tirava os olhos de mim. E, quando eu o olhava, ele rapidamente baixava os olhos. Ele era retraído e muito tímido. Não sei se ele achou que eu tinha pena dele por alguma coisa que eu fiz, não me lembro, só me lembro que ele parou de me olhar. Aquilo me incomodou um pouco. Mas um dia, depois da aula, ele passou correndo por mim na rua, e me estendeu um envelope grande. Eu logo escondi o envelope debaixo dos cadernos com vergonha das minhas colegas. Cheguei em casa e abri o envelope dentro do qual havia o desenho de uma orquídea roxa. Embaixo da orquídea, estava escrito, ele tinha uma letra muito bonita: "para você, que se parece com uma orquídea." Foi a partir daí que começamos a nos ver e a passear à tarde depois da escola. Uma vez ele me levou para fora da cidade. "Não tenha medo, vou te mostrar uma coisa linda", ele me disse. Eu não estava com medo, só o meu coração que estava disparado, mas não era de medo.

Andamos por uma picada no meio de árvores altas até chegar à beira de um córrego. As copas das árvores não deixavam o sol entrar ali. Caminhamos um pouco pela margem acidentada de pedras e então ele parou e apontou para um emaranhado de raízes retorcidas na outra margem. Eu olhei e vi um lindo ramo de orquídea de flores roxas, igualzinho ao que ele pintara para mim. Ficamos um bom tempo sentados numa pedra em silêncio ouvindo o rumor das águas correndo sobre o leito de seixos. Segurei a mão dele. Ele apertou a minha mão. Foi só isso. Depois voltamos para casa. Foi assim durante o ano todo. Ficávamos lá sentados, de mãos dadas. Um dia eu falei: "você vai ser um pintor muito famoso." Ele me respondeu: "você me inspira. Você é minha musa."

O que a gente nunca dizia era da minha partida. Depois das férias, meus pais me mandariam para cá, para a capital, para continuar meus estudos. Eu ia morar com uma tia. Quanto mais perto chegava do fim do ano, mais em silêncio nós ficávamos. Ele estava muito triste, embora não dissesse nada. Uma semana antes de ir embora, eu disse a ele que voltaria nas férias de julho. Que ele me esperasse. Ele não disse nada, só apertou minha mão na dele.

Eu estava em casa arrumando as malas. Caía um temporal lá fora. Não se via quase nada da janela. Quando fui para o quarto, ele bateu no vidro fustigado pelo vento e pela chuva. Ele não disse nada. Do lado de fora, tirou de sob a capa de lona branca uma pasta, esta pasta, e me entregou. Foi embora antes que eu dissesse qualquer coisa, antes que eu visse o que tinha na pasta.

Passei a noite em claro, pensando nele e olhando essa pintura que ele fez: eu com uma rosa vermelha na mão, uma rosa que ele me entregou, de costas, como se o tivesse deixando para sempre. Acho que era isso que ele quis dizer na pintura. O que mais seria?

Logo que cheguei aqui, em meados de janeiro, escrevi-lhe uma carta. Mandei a carta para a cooperativa de leite, pois não tinha seu endereço. Não recebi nenhuma resposta. Na carta eu dizia que o amava e que ele me esperasse, que esperasse sua musa e continuasse pintando e pensando em mim pois eu pensava nele todos os dias. Como ele não respondia, acho que meu orgulho falou mais alto do que minha saudade. Ele deve ter me esquecido, eu pensava. Deve ter encontrado outra musa na escola, alguma garota que se apaixonou por ele depois de ele ter entregado a ela o desenho de uma flor. Mas eu só estava me enganando, na verdade. Não parava de pensar nele. E finalmente chegou julho.

Cheguei no início da noite de um sábado. Havia muita gente me esperando em casa. Naquela época, era diferente. Morar na capital era um acontecimento e tanto. Todo mundo queria saber como era a vida aqui. Minhas amigas perguntavam como eram os rapazes da cidade, se eram bonitos, educados, e se eu já me apaixonara por algum deles. Eu respondia aleatoriamente e não tinha coragem de perguntar sobre o menino do leite.

No domingo, saí para passear. Fiquei muito tempo na praça procurando vê-lo. Mas nem sinal dele. Ele me esquecera mesmo, eu pensei, com raiva, com muita raiva. Como ele pode ter me esquecido? Eu me perguntava a todo instante. Bom, eu pensei, amanhã é segunda. Vão entregar o leite no fim da madrugada.

À noite, sem que ninguém visse, levei um bule de café para o quarto para me manter acordada.

Era uma madrugada gelada. Pela janela, via-se uma espessa neblina como uma manta de algodão cobrir os telhados das casas e pairar sobre a rua. Finalmente ouvi o bater de cascos no calçamento. Eu tremia, de frio, mas de emoção também. A carroça parou em frente de casa. A neblina impedia que eu visse claramente. Mas percebi a carroça, o cavalo e um homem, que pegou uma garrafa de leite e abriu o portão. Quando ele estava se curvando para deixar a garrafa eu gritei.

Ele olhou assustado para mim. O rosto dele era sem expressão dali onde eu estava, um rosto de bobo, com um gorro na cabeça. Não era o meu menino do leite. Perguntei onde estava o menino. Ele me olhava atarantado como se eu fosse de um outro planeta. Não sei o que me deu, mas ordenei com raiva que ele me levasse até a sede da cooperativa. Não sei se ele entendeu, mas subi na carroça, ele subiu depois de mim e eu pedi desesperada que me levasse para a cooperativa.

Já havia amanhecido. Dentro da sede da cooperativa fazia mais frio do que do lado de fora. Um cheiro de café fumegante espalhava-se pelo ar. Um homem velho, embrulhado numa manta grossa e escura me encarava com espanto. Perguntei sobre o menino. Antes de responder ele me ofereceu uma xícara de café. Onde ele está? Talvez ele desconfiasse que eu era uma parente que viera de longe para encontrar um ente querido que não dava há muito sinal de vida, pois antes de falar, pigarreou umas duas ou três vezes. Então ele contou que o menino do leite sofrera um acidente no fim de janeiro durante um temporal. Ele escorregara numa pedra, provavelmente, dizia o homem, e batera a cabeça, e a água, muito forte por causa da chuva, o arrastou alguns metros até seu corpo ficar preso entre as pedras. Eu não sei, nunca soube, ou talvez saiba um pouco, mas me recuso a dizer, porque não encontro as palavras certas, que poderiam ao menos se aproximar do que eu sentia. Mas a dor não faz sentido algum, palavra alguma pode encostar na selvageria da dor para suavizá-la. Toda palavra é inútil e vã. Quando recobrei a consciência estava no meu quarto, deitada na cama, respirando com dificuldade, sentindo o corpo esfriar e esquentar de repente por causa da febre. Um médico tinha vindo e dito que se tratava de um forte resfriado, que eu me alimentasse e descansasse e que meus pais não se preocupassem. Apenas um forte resfriado."

"Foi assim", dona Clarice disse com o esboço de um sorriso de nostalgia resignada em seu belo rosto. "Foi a partir dali", ela continuou, "que me apaixonei por rosas e flores. Tive poucos namorados, muitos pretendentes, até conhecer Santiago, um jovem e brilhante advogado. Ele parecia ser um bom moço. Casei-me com ele. Um ano depois nasceu Jofre. Quem deu o nome fui eu, era o mesmo nome do menino que eu amara. Não tive mais filhos. Não consegui ter mais filhos. Santiago queria muitos, mas eu não podia.

Até hoje penso no que teria acontecido se aquele menino não tivesse morrido. Mas isso não faz o menor sentido. Hoje, quando desci para o jardim, não pensava nele. Aí, vi esta rosa, que se abriu na madrugada, pois posso jurar que suas pétalas estavam fechadas ontem. Descalcei as luvas para senti-la sob a pele da minha mão. Aí, não sei como, o espinho me espetou. E toda a dor daquele menino que eu amara, há tantos anos, voltou de repente e me apunhalou de novo."

Ela nunca mais voltou a tocar no assunto. Depois que ela morreu falei para o filho dela que iria embora. Ele me disse que havia um fundo de dinheiro no testamento da mãe em meu nome. Depois de alguns anos, quando soube que o doutor Santiago fora para um asilo e Jofre colocara a casa à venda, fui até lá. O jardim estava abandonado, claro. As roseiras todas estavam ressecadas. Urtigas e parasitas tomaram conta de tudo. E a estátua do deus pagão, guardião do jardim, tinha sido depredada. Só vi a cornucópia de flores no chão. A casa foi demolida pouco tempo depois. Hoje há um grande prédio no lugar.

Santiago

Terça-feira, 10 de março.

Adélia estava aborrecida hoje. Tão aborrecida quanto o tempo fechado, cinza, chuvoso, que já persiste há quatro dias. Ontem ela estava expansiva e alegre. As mulheres se aborrecem à toa, sem motivos, e não há remédio que se lhes possa dar. O enfezamento feminino não tem cura. Faz parte do que denomino protocolos da feminilidade. Se lhes perguntamos o que as aborrece respondem ser inútil explicar pois não as entenderíamos. Se permanecemos em silêncio reclamam que somos indiferentes

Eu fiquei apenas a contar o tempo, que custa a passar nessas disposições. Servi-me de uma taça de licor e pus-me à espera da hora, baforando o cachimbo.

Amuos sem razão. Paciência é a letra empenhada para manter essas vênus em nosso templo. Amanhã a coisa muda, assim como o tempo. A previsão é de sol.

Deixei-a com um casto beijo na testa e um maço de notas sob o cálice de licor.

Quarta-feira, 11 de março.

Foi bom não ter dispensado energia com Adélia. Tenho pela frente a redação da defesa do deputado C. Isso vai entrar pela noite. O deputado C. passou dos limites. Agora a procuradoria está no seu pé. Vou livrá-lo de mais essa. Mas vou adverti-lo de que redobre seus cuidados daqui para a frente.

Sábado, 14 de março.

Ontem houve um jantar cerimonioso na casa do procurador K. Fui colocado à mesa ao lado de sua esposa, uma enfadonha senhora adamascada de luxos vulgares.

Sua mulher está deslumbrante, doutor Santiago, disse-me o procurador K. e percebi um leve tremor nas comissuras dos lábios da nédia galinha da senhora K. Um involuntário e inequívoco sinal de inveja e ódio.

Não era para menos. Clarice estava mesmo magnífica e era devorada pelos olhos gulosos dos outros convidados. Ela fora colocada ao lado do juiz B., uma criatura balofa e reptiliana, cercada de louvaminheiros. Ele pousava sua pata tendinosa de unhas manicuradas sobre o antebraço alvo de Clarice. Clarice é uma dama da sociedade e sabe lidar com todos esses sapos que coaxam à sua volta. O juiz B. me é muito útil. Por que não o entorpecer com minha deslumbrante esposa?

Todos aqueles olhos nela e várias taças de vinho despertaram meu desejo. Em casa, enquanto ela subia para o quarto, vim para o escritório e tomei uma dose de conhaque. Quando cheguei ao quarto, avancei sobre seu corpo, que tremia debaixo de mim. Ela cedia sem emoção, controlando a repulsa, mas eu me encontrava completamente transtornado de volúpia para possuí-la. Ela se virou depois que eu terminei. Acho que a ouvi gemer baixinho. Esgotado, dormi.

Acordei com dor de cabeça e a vista enevoada. Devo dizer que estou arrependido. Se tivesse agido com mais calma, se a tivesse elogiado pelas suas maneiras e beleza, se tivesse acariciado seus cabelos deslizando suavemente minha mão pelo seu corpo, sussurrando em seus ouvidos, talvez aquilo não acontecesse. No entanto, agi como um possesso, um bárbaro.

Há muito as palavras perderam o sentido entre nós dois. Há uma barreira que não nos esforçamos mais em ultrapassar. Para onde estamos indo? Tenho vontade de perguntar a ela, mas me calo sempre, as palavras não ganham vida, ficam enterradas em mim.

Levantei-me e fui até a janela. Abri uma fresta na cortina. Ela estava lá embaixo, ajoelhada, revolvendo a terra nos canteiros de rosas. É onde se sente segura. Longe de mim, longe de Jofre. Com as flores ela conversa, cheia de ternura e compreensão. Com o filho ela fala um pouco. Cumpre o papel de mãe, mas acho que sente mais pena do que amor por ele. E quanto a mim? Será que também sente pena de mim?

Terça-feira, 17 de março.

Clarice, observei-a agora há pouco da janela, está conversando com Elza, a empregada. As duas estavam paradas lado a lado no jardim.

Curioso. Ao longo do tempo, lentamente como uma gestação, uma ponte estendeu-se entre as duas, entre a patroa e a criada, que mais parecem irmãs ou grandes amigas. Quando estou ausente, quase o tempo todo, será que em algum momento falam de mim?

Elza chegou aqui quando não passava de uma pirralha, uma caipira, só alguns anos mais velha do que Jofre. Agora está se tornando uma mulher. Seu corpo se encheu de formas sob o avental preto e branco. Reparo nas suas panturrilhas. São firmes e bem definidas. Seus seios também são rijos. Fico a imaginar como eles são, por baixo do sutiã: duas peras de bicos rosados que se endurecem quando excitados. Será que ela ainda é virgem? Ou se encontra com um porteiro ou um soldado aos domingos quando está de folga? Será que Jofre a deseja? Posso até admitir que sim, mas meu filho é covarde demais. Parece efeminado, às vezes.

Talvez um dia desses eu compre um presente para Elza. Um perfume seria ótimo. Se o sentisse quando ela passasse por mim teria certeza de que dera um tiro certo.

Agora preciso terminar a peça de defesa do deputado C.. Ele melhorou seu comportamento e está agindo como o instruí. Se continuar assim, não perderá nada além de sua honra. Mas isso, pra ele, não é nada. Quem se importa com decência neste país?

Quinta-feira, 19 de março.

Acabei de ver o noticiário. Agora estou trancado aqui. Foi impossível me concentrar em qualquer notícia, de tal modo estou impregnado do que se passou hoje à tarde no apartamento de Adélia.

Com o dinheiro que deixei sob o cálice de licor em minha visita na semana passada, Adélia comprou um penhoar vermelho de seda e uma combinação de calcinha e sutiã pretos que eu só vira antes em revistas ou bordéis. Ela me recebeu vestida apenas com essas peças e de saltos altos. Exalava um perfume de violeta e pintara as unhas como uma vedete. Segurava nas mãos duas taças de champanhe.

Adélia estava irresistível, uma cortesã cheia de luxúria. Venha, ela me disse, vou mostrar o que posso fazer com você. Primeiro ela me despiu e deitou-me de costas na cama. Ajoelhada sobre mim passou a língua sobre meu corpo até engolir meu membro. Com a mão levou-o até a fenda de seu sexo alagado. Em seguida, ela se pôs de quatro e pediu que eu penetrasse “seu buraquinho”. Enquanto cavalgava naquele orifício que comprimia e se dilatava, fechei os olhos e imaginei Clarice.

Sexta-feira, 20 de março.

Hoje, após o almoço, tive uma conversa com Jofre. Uma breve conversa pois não somos muito de conversas nesta casa grande e vazia, em que cada um vive a esconder-se do outro. Eu o trouxe até aqui, ao escritório, e perguntei-lhe em que profissão ele desejava ingressar. No final do ano, ele termina o ginásio. Ele ficou pensando em silêncio com os olhos abandonados na estante de livros.

Pobre Jofre. Em meu filho está ausente o repertório da virilidade masculina. O que de meu existe nele a não ser o silêncio? Foi uma criança asmática, desfibrada e isso deixou seu espírito debilitado, destinado a soçobrar na vida, a ser um ninguém.

Direito, ele me respondeu. Tenho certeza de que respondeu isso como provocação. Devia estar debochando de mim.

O pai bem-sucedido, advogado de políticos e industriais, um trabalhador incansável, um decente pai de família. Um decente pai de família... Mas o que é a minha família? Uma mulher que não me ama, e um único filho fraco que me despreza. Isso é tudo o que tenho. O que restará de mim, de meu nome, de minha linhagem, desta maldita casa de que tanto me orgulho?

Domingo, 22 de março.

Hoje é domingo. Clarice e Jofre saíram. Elza está de folga. Penso nela. Gostaria que estivesse aqui. Pergunto-me de novo: será que tem algum namoradinho secreto? Há um quartel aqui perto e na grande praça em frente sempre há soldados livres por algumas horas que se sentam com empregadinhas sobre a grama ou nos bancos do jardim. Não me espantaria saber que Elza conta a eles o que se passa na grande e bela casa onde trabalha. Mas o que ela poderia dizer? Poderia dizer que aqui não se passa nada, que por seus requintados cômodos desfilam sonâmbulos e que à noite aparecem sombras de fantasmas nas paredes. O que ela diria de mim? Meu patrão é um homem poderoso, que passa horas trancado no seu escritório, que fede a tabaco e café, que muitas vezes escuta óperas que parecem iguais, cantores berrando, música completamente sem sentido e chata.

Ninguém aqui em casa gosta de ópera. Ignoram que os intérpretes de ópera cantam com a alma, colocam o espírito na sua voz para que elas transcendam seus corpos mortais e atinjam nossas almas.

Hoje ouvi a *Tosca* e *Fidélio*. Fiquei de olhos fechados, deixando-me transportar pelas asas dos gênios de Puccini e Beethoven. Sinto-me tocado por Deus. Mas neste momento, gostaria mesmo era de estar sendo tocado por Elza...

Quarta-feira, 1º de abril.

Só agora consigo escrever. Depois de tanto tempo, enfim, tenho forças para escrever. Mas penso seriamente em abandonar este diário.

O deputado C., a meu pedido, realizou uma recepção em sua casa e convidou o juiz B.. É preciso agradar o magistrado balofo e reptiliano. Arrastá-lo para o nosso redil, tê-lo em nossas mãos. As coisas funcionam assim.

Instruí o deputado C. que colocasse Clarice ao lado do juiz, tal como ocorrera no jantar na casa do procurador K. Depois do jantar, houve dança. Comecei a dançar com Clarice próximo ao juiz B., que não tirava os olhos empapuçados do corpo de minha mulher.

O juiz B. é atarracado e dobras duplas de seu queixo enterram seu pescoço no tronco enorme e abaulado como um tonel abarrotado de toucinho. As mãos são duas esponjas inchadas, de dedos curtos, nodosos com tufos de pelos entre os artelhos. As pernas são finas e pequenas. Pilares frágeis suportando precariamente todo aquele excesso de peso. Um sujeito asqueroso.

Dançavam, ele e Clarice, um bolero banal. Ele é mais baixo do que ela, portanto sua cabeçorra vermelha e brilhante de suor ficava pouca coisa acima do decote do vestido da minha mulher, um vestido azul. A todo instante, ele dizia-lhe alguma coisa próximo ao ouvido e ela ria. Por decoro, quero crer. Ou será que aquele homem sem qualquer atrativo detém uma caixa de frases desconcertantes e ardentes que exercem algum fascínio numa mulher como Clarice?

Minha atenção foi desviada pelo deputado C., que me pegou pelo braço e me levou a um canto do salão para me apresentar a um empresário do ramo imobiliário. Falavam de uma concorrência. Eu não prestava atenção à conversa. Pensava em Clarice escorregando pelo salão com o enxundio magistrado, de cujo parecer dependia meu cliente.

O deputado e o empreiteiro conversavam animadamente com copos de uísque nas mãos. O que você acha, meu caro Santiago, perguntou-me o deputado. Eu o encarei como se elaborasse uma resposta embora não tivesse a menor ideia sobre o que discutiam. Está fácil, não é mesmo, interrogou-me ele novamente com a mão no ombro do empresário. Está sim, é claro, respondi. Não disse, o Santiago aqui não perde uma, disse o deputado sorrindo. Sorri para os dois e afastei-me deles.

Caminhei entre os convidados buscando voltar ao meu ponto de observação do qual fora forçado a me retirar há pouco. Mas de lá, não consegui enxergar minha mulher e o juiz. Olhei por todo o salão, que estava cheio. Todos sorriam e pareciam se divertir.

Uma música mais agitada atraiu mais pares de dançarinos para o salão. Eu me sentia como um garoto perdido à procura dos pais em meio a uma multidão de corpos abandonados à diversão. O renomado advogado, doutor Santiago Monteiro, zanzando às tontas como um cão tentando farejar sua dona.

Estava com a visão já turva, de raiva e desespero, uma camada de neblina densa deixava o cenário e os figurantes desfocados. De repente sou tocado na altura da nuca por uma mão fria. Viro-me e vejo Clarice. Eu imaginei ou observei de fato um ar zombeteiro cingir-lhe o rosto? E qual o significado daqueles olhos faiscantes sobre mim? Havia mesmo um leve rubor tingindo as maçãs daquela bela face? O batom sobre os lábios fora retocado? Uma descarga elétrica acabara de estremecer aquele corpo magnífico e frio infundindo-lhe uma onda de calor que agora se evaporava da superfície?

Onde está o juiz, perguntei tentando fingir desinteresse. Ela sorriu e ergueu os ombros nus. Em seguida me deu o braço e perguntou se poderíamos ir embora logo dali.

O dia seguinte, um domingo, fechei-me no escritório e ouvi ópera até a noite.

Na segunda-feira, fui ao apartamento de Adélia. Entrei, ouvi Adélia pedir que eu esperasse na sala enquanto tomava banho, e preparei um grande copo de uísque, puro, sem gelo. Adélia apareceu uns vinte minutos depois. Olhou-me bebendo uísque, colocou as mãos na cintura como fazem as mães coreografando os gestos clássicos maternos antes de repreender uma travessura do filho e disse, meneando a cabeça: o que fizeram com você, meu garanhão? Vou resolver isso agora do jeito que só eu sou capaz de fazer.

Segunda-feira, 13 de abril.

Almoço com o deputado C. e um assessor parlamentar. O deputado C. mandou vir o vinho tinto mais caro da carta. Seus olhos brilhavam e ele não conseguia parar de sorrir e me adular. O assessor, um jovem pálido e franzino que eu evitava encarar porque me lembrava Jofre, engrossava o coro bajulatório.

Santiago Monteiro, o melhor de todos os advogados que já conheci. O incomparável e insuperável doutor Santiago Monteiro, bradavam os dois.

Naquela manhã, o juiz B. arquivara o processo contra o meu cliente.

No jornal de ontem, com algum atraso, da página da coluna social, recortei esta foto que agora colo aqui. Ela foi tirada durante o jantar dançante na casa do deputado C. Copio a legenda para que ela jamais desbote, para que permaneça para sempre na minha memória, como um símbolo aviltante da minha vida.

"Em memorável noite, o deputado C. e sua adorável senhora receberam o crème de la crème de nossa sociedade. Na foto, no belo salão de sua residência, o ilustre casal anfitrião sorri ladeado pelo advogado Santiago Monteiro e sua esposa, dona Clarice Monteiro, e o juiz B, um dos orgulhos da nossa justiça."

V., PRIMEIRA MULHER DE JÔ

O que eu às vezes me pergunto é se ele algum dia conheceu uma mulher. Bem, essa talvez seja a questão central para todos os homens: vocês nos conhecem? Vocês sabem o que nós de fato queremos? Vocês ao menos se esforçam por nos enxergar?

Antes de contar como foi conviver sete anos com ele, ou melhor, como eu pude viver sete anos com ele, preciso confessar que eu também não me conhecia naquela época. Não como me conheço agora.

Sob a luz desse contexto, isto é, o início do meu aprendizado amoroso, viver com Jofre foi como cursar a escola primária.

Não quero perder essa perspectiva dos fatos. Dos fatos de nossa vida em comum. Estou analisando o passado à distância. Não sou ficcionista. Sou historiadora. Portanto minhas lentes de observação buscam a precisão dos acontecimentos dentro de um determinado contexto histórico. Mas com os sentimentos é diferente. Porque nunca vemos as coisas do mesmo modo. Vemos uma primeira vez. Damos as costas e voltamos para ver de novo, e aí, o que vemos é outra coisa. Desculpe, mas só um idiota não percebe como a história se modifica a cada vez que a observamos.

Nós nos conhecemos durante uma festa organizada pelos estudantes de história em uma república. Um amigo comum, que fazia História comigo, apareceu com ele e o apresentou. "Este é o Jô. Infelizmente ele faz Direito, mas é um ótimo sujeito", disse rindo o amigo. "Não tem problema. Deixe ele com a gente que amanhã ele muda de curso", disse alguém provocando uma onda de risos.

Havia uma cadeira vazia ao meu lado e procurei ser simpática, ofereci o lugar a ele. Ele não era nada diferente da maioria dos outros estudantes de diferentes cursos. Era magro, de cabelos desalinhados, usava óculos de armações pesadas e tinha um olhar tímido.

"Por que você escolheu Direito?", perguntei para puxar conversa. Ele baixou os olhos como se estivesse intimidado e então respondeu: "Ainda não descobri. Talvez eu mude de ideia."

Ele era do tipo contido e pensativo.

Na época, eu estava saindo com um professor da universidade, mas sabíamos que não era sério. Ele era casado e dizia que amava a mulher. Eu não me importava. Para mim, fazia parte do currículo ser uma das escolhidas pelo professor mais sexy do curso e trepar com ele em quartos de motéis depois das aulas. Ele era bom de cama. Um homem maduro. Não era como os alunos, que mal começam e já terminaram. Mas então aconteceu algo inesperado. No fim de uma tarde, entrei no carro dele no estacionamento do campus e já ia me abaixando no banco para que ninguém me visse quando ele me puxou e disse para eu abrir o vidro. Não entendi nada. Não era aquele o combinado? Manter sempre os vidros fechados para que não fôssemos flagrados, para não colocar em movimento uma onda de fofocas que certamente chegariam aos ouvidos de sua amada mulher, uma professora do departamento de psicologia da mesma universidade?!

Ele parou o carro depois de atravessarmos a portaria do campus. Desligou o motor, olhou-me bem nos olhos e disse que estava apaixonado por mim. Disse ainda que ia se separar e alugar um apartamento, onde "nós", segundo ele, poderíamos viver juntos. Eu o olhava perplexa, mas ele estava tão pateticamente embaraçado e trêmulo que comecei a rir. Em apenas dois minutos mudamos de posição. Meu sexy e experiente amante cobiçado por um monte de alunas estava agora na minha frente desamparado feito uma criança assustada.

"Olha", eu disse finalmente, "você não vai largar sua linda e amada mulherzinha e trocá-la por uma fedelha que só quer foder com você, e que logo vai botar um par de longos chifres na sua testa tão logo comece a passar todas as noites em seu novo apartamento. Você mesmo estabeleceu os limites. Eu, em silêncio discordei no início, mas estava muito atraída por você e então me submeti obedientemente como uma aplicada discípula que renuncia às suas vontades para se tornar a *protégé* de seu mestre. Agora, entenda, meu caro, eu não estou apaixonada por você. O que você tinha para me ensinar eu já aprendi. É isso. Faz o seguinte: me deixa aqui, saia, pare num boteco, tome uma cerveja e volte para casa e vá agradar a sua mulher".

Nem esperei ele dizer alguma coisa. Simplesmente abri a porta do carro e fui embora. Não sei como fui capaz de dizer aquilo. Talvez eu estivesse errada. Talvez ele estivesse mesmo apaixonado por mim. O problema é que eu não sabia o que realmente sentia por ele além de atração física. Eu era muito jovem. Tinha vinte anos. Era uma decisão diante da qual eu não me sentia preparada.

Nos dias seguintes, durante umas duas semanas, evitei me encontrar com ele. Em suas aulas, sentava-me no fundo e saía antes de a aula terminar. Mas um dia, quando descia a escadaria do prédio de história, ele se aproximou. Não falou nada. Continuei andando em direção ao ponto de ônibus, com ele atrás de mim, até finalmente ele perguntar se queria uma carona. "Para onde", perguntei zombando, "para seu novo apartamento?" Ele demorou a responder, aquele dominador que trocara de lugar comigo. "Posso te deixar em casa", ele disse. Parecia muito sincero. Eu disse "ok" e, quando atravessamos a portaria do campus, eu me abaixei e disse, "me leve para um motel".

Na época em que conheci Jô, eu saía uma vez por semana com o professor de História. Era só sexo o que me interessava com ele. Tendo isso definido, o patético episódio da paixão havia ficado para trás, voltando as nossas conversas apenas como piada. Mas logo comecei a me entediar daquela coisa mecânica de uma vez por semana ir ao motel trepar com ele.

Alguns anos depois, eu soube, a mulher dele tinha-o largado e estava morando com um colega de departamento. Eu já estava casada e começara meu mestrado. Fiquei sabendo também que o professor de História tirara licença da universidade ou pedira transferência, não sei. Havia boatos de que estava bebendo demais. Senti pena dele. Muita pena do meu professor de desejo. Um homem tolo.

Conversamos sobre cinema durante a festa. Jô estava louco por cinema naquela época. Lembro de ele ter falado sobre a ideia de uma adaptação da história de Robinson Crusoé. Uma ideia maluca, mas que me parecia genial. Ele falava com entusiasmo e eu embarquei naquela empolgação dele. Brinquei dizendo que uma mulher tinha que estar no filme. Ele levou aquilo a sério. Ficou me olhando em silêncio e disse que tinha pensado em Sexta-feira como o id de Crusoé. "E se esse id fosse uma mulher?", eu disse. "E se Sexta-feira fosse um amor inconfesso de Crusoé", ele disse. Rimos muito e continuamos viajando no roteiro.

Quando nos despedimos, ele me perguntou se eu não queria ver um filme do Fellini que estavam levando no cineclube do qual ele era um dos integrantes. Ele amava Fellini. Confesso que não gostava tanto. Achava chato. Mas aceitei o convite mesmo assim. No meu quarto, antes de dormir, fiquei surpresa pensando nele e rindo sozinha quando ele disse que filmaria a história de Robinson Crusoé não em uma ilha selvagem, mas dentro de um pequeno apartamento espetado no meio de uma metrópole

Depois do filme, chato, longo e ainda em preto e branco, sugeri a ele que tomássemos uma cerveja. Sentamos num dos muitos botecos perto do campus. Percebi que ele não gostava muito de cerveja, mas acho que tinha vergonha de reconhecer.

Ele falava excitado sobre o filme e sobre Fellini. Perguntou o que eu achei e foi minha vez de me sentir envergonhada. Disse que era genial.

Jofre, percebi logo, tinha gostos sofisticados. Eu não estava acostumada com isso. Meus pais eram separados e viviam duros. Tive de me virar desde cedo. Graças ao meu "concubinato" com o professor de História consegui uma vaga de vendedora na livraria da editora da universidade.

Quando perguntei onde ele morava, notei na mesma hora seu constrangimento. "Moro com meus pais, mas vou mudar de lá logo", ele respondeu. Falamos mais sobre alguns assuntos como a vida universitária, a situação do ensino, livros e sobre o país. Não houve mais que isso. Não da minha parte, mas dava para notar que ele estava interessado em mim. A gente sabe quando um homem nos deseja.

Uns dois dias depois, ele apareceu na livraria, me cumprimentou e ficou examinando as estantes: pegava um livro, abria-o, folheava e depois recolocava no lugar. Por fim, escolheu dois livros sobre cinema. Pagou, e perguntou se eu não queria sair com ele na sexta à noite. Eu tinha marcado com meu amante um encontro no fim da tarde de sexta, resolvida de que seria nossa última vez. O ponto final do clássico *O professor de desejo e a aluna gostosa*. "Na sexta, tenho um compromisso", eu disse. Vi como ele ficou desapontado. Na certa, imaginava que uma garota como eu tivesse um namorado.

Quando ele saía da livraria, eu o alcancei e disse "que tal se bebêssemos uma cerveja domingo à tarde". Ele reagiu com alegria contida. "Está ótimo," ele disse.

Não vou falar a respeito de como foi meu último encontro com o professor. Vou passar por isso e contar que eu e Jofre nos encontramos no domingo e passeamos. Quando nos sentamos sobre a grama de um parque, ele tirou do bolso um pequeno poema de Rilke e leu pra mim. Não sei qual era o poema, mas ele me disse que o havia traduzido. Não sei se era verdade. Dobrei o papel com o poema, coloquei-o no bolso da minha calça. Logo em seguida nos beijamos.

Daí em diante, ele começou a passar todos os dias na livraria uma meia hora antes de fechar. Pegávamos o ônibus juntos. Ele me deixava na porta do meu prédio e ia embora. Eu dividia um apartamento de três quartos com duas garotas. Uma noite eu o convidei para subir. Vi que ele hesitou um pouco. Eu disse que não se preocupasse, que as meninas estavam fora. Subimos. Tirei duas latas de cerveja da geladeira e, descalça, deitei-me no sofá da sala pondo minhas pernas sobre o colo dele. Pedi que massageasse meus pés. Fechei os olhos para deixá-lo mais à vontade e percebi que ele se excitou. Fomos para o meu quarto. Foi bom. Bom de uma maneira diferente. Ele não tinha o desempenho olímpico do professor de desejo e era um pouco desajeitado no início. Mesmo assim, ele perguntava quase sempre se eu já tinha gozado, para só então ele gozar. Eu dizia que sim, mas muitas vezes era mentira. Ele era delicado demais, sensível demais. Era incapaz de tomar uma decisão. Jofre só foi capaz de tomar duas decisões durante os anos em que estivemos juntos: me convidar para o filme de Fellini e me abandonar sete anos depois.

Não. Não era mimado. Quer dizer, não no sentido mais amplo de uma pessoa mimada. Mas talvez tenha sido difícil para ele abrir mão dos luxos de que gozava como filho único. Quando finalmente, depois de um ano juntos, perguntei a ele se queria dividir um apartamento comigo, ele ficou muito alegre, mas demorou alguns meses para tirar suas coisas da casa dos pais.

Também demorou a me apresentar aos pais. O pai dele eu já conhecia de nome. Quem não conhecia, naquele tempo, o doutor Santiago? Era um desses notórios advogados nojentos que defendem políticos e empresários corruptos. É verdade que nunca me tratou mal, mas sempre achei que sob aquela simpática bonomia ele me examinava minuciosamente, como analisava os processos, procurando uma brecha, uma pequena falha decisiva.

Já dona Clarice era muito simpática. Muito bonita. Muito elegante. Mas tinha algo mecânico em suas atitudes. Até seu jeito de falar parecia estranho, como se um ventríloquo falasse no lugar dela. Era uma dessas mulheres que, graças a Deus, já não existem mais. Uma mulher nascida com o papel de sua vida já decorado, passo a passo, incapaz de se desviar do caminho. A primeira pergunta que ela me fez era se eu gostava de flores. Respondi que sim e ela então me levou para conhecer o jardim em frente à casa. Era um belo jardim e, lá sim, ela falava com entusiasmo, com vida. Havia um anão estranho no meio dos canteiros. Ela me disse o que era, mas não me lembro mais, um deus grego ou coisa assim.

Os pais dele viviam saindo nas colunas sociais. Sempre com legendas e textos lambuzados de bajulação ao lado de outras figuras escrotas da elite.

Jofre abandonou o curso de Direito no meio. Simplesmente não foi mais às aulas nem comunicou à secretaria. Perguntei o que ele faria dali em diante. Ele respondeu que precisava de um tempo para pensar. Depois disse que talvez retomasse a ideia de filmar sua versão de Robinson Crusoé. É claro que ele não retomou projeto algum. Deixou no meio do caminho ou no início, como fazia com tudo.

Não sei. Às vezes penso, agora por exemplo que estou falando dele depois de todo esse tempo, que Jofre nasceu amputado de vontade. Não que ele tenha perdido a vontade em algum momento. Não. Ele apenas foi gerado sem ela, ou crescido sem ser estimulado a desenvolver suas próprias vontades. Como alguém pode viver assim? Eu não sei. Ele só se deixava levar. Como um náufrago sem forças para chegar a lugar algum. Ele podia ter aproveitado isso em sua versão de Crusoé. Filmar sua vida, quem sabe.

Bem, eu disse que viver com ele foi como ter cursado o primário. Talvez eu tenha sido dura demais ao dizer isso. Talvez não foram sete anos desperdiçados da minha juventude. Mas a gente só nota que perdeu tempo com alguém depois, não é? Quando a relação termina. Quando se é jovem o tempo não passa de uma abstração. Bem, sob esse ponto de vista ele subtraiu sete anos da minha vida. Não sei o que ele acrescentou em mim. Acho que nada. Nossos caminhos e a maneira de encarar as coisas eram bem diferentes. Tanto é que nunca mais o vi. Não, não acho que tenha valido a pena. Não foi nada. Nada.

S., SEGUNDA MULHER DE JÔ

Meu caro Jô,

Você sabe como me apaixonei por você. O dia em que aconteceu. Isso eu já te contei muitas vezes.

Na quarta aula do curso de História da Arte, você se sentou à minha frente. O professor tentava nos explicar a importância de Manet no modernismo. De repente, você levantou a mão. Até ali eu não havia reparado em você. Que eu me lembre, naquela sala cheia e abafada onde um ventilador de teto mais rangia que ventilava, você não tinha se manifestado antes. É verdade que poucos faziam perguntas ou observações. O professor tinha um jeito severo, uma cara de poucos amigos, que nos inibia muito. Além disso, quando apresentou os módulos do curso, do Renascimento a Picasso, pediu que fôssemos econômicos nas perguntas e que essas fossem encaminhadas a ele depois da aula. Ainda assim um ou outro perguntava alguma coisa, ao que o professor murmurava uma resposta mostrando a obviedade da questão proposta. Mas ele era um dos maiores críticos de arte do país e suas aulas eram fascinantes.

Então você, que sempre foi tímido, ergueu o braço e disse que o que mais o fascinava em Manet era a variedade com que pintava o negro. O negro, lembro bem o que você disse, era a sombra ameaçadora da euforia moderna, uma força sugadora de nossas esperanças e ilusões, um fantasma que assombrava nossas cômodas e frágeis sensações de bem-estar e segurança. A essa altura, toda a sala olhava para você em silêncio. Só se ouvia o resfolegar do ventilador. Como em uma partida de tênis quando o jogador devolve a bola para o adversário e centenas de cabeças se viram, todos viramos para o professor com a respiração suspensa. Eu confesso que fiquei fascinada com sua intervenção, mas insegura com relação ao que aquele implacável crítico lá na frente responderia. "Qual é seu nome, rapaz?", ele perguntou. "Jofre", você respondeu. Viramos a cabeça. "É uma colocação interessante, Jofre. Mas voltemos à imagem da tela *O Desjejum na Relva*."

Depois da aula, vi umas meninas se aproximarem de você, como se você tivesse se tornado um pequeno astro de uma hora para outra. Elas se comportavam como mariposas em torno da luz. E quando as mariposas voaram para longe de sua luz, eu o segui e dois quarteirões depois o alcancei. "Oi", eu disse, "estava sentada atrás de você durante a aula. Desculpe chegar assim do nada, mas me interessou aquilo que você disse. Você por acaso é psicanalista?"

Você estava mesmo inspirado naquele dia, Jô. Aposto que você não se lembra do que respondeu. Você disse mais ou menos assim: "se eu disser que sou psicanalista será que terei outra chance de me deslumbrar com o coral de pérolas de seu sorriso, como a entrada de uma gruta em cujas profundezas se encontra um tesouro oculto?"

Naquele momento fiquei estonteada. Hoje acho essa frase cafona, mas naquele momento ela me deslumbrou. Que tipo de cara era esse, pensei. Deve ser um louco, alguém que não toca direito o chão. Ou então um sedutor sofisticado, um mágico verbal, um prestidigitador profissional.

Eu o via, Jô, como um homem que podia descrever o mundo com profundidade. Um homem para quem as palavras se revestiam de um poder encantatório, e por meio delas atingir o âmago das pessoas.

Eu era bela e sabia disso. Pode soar como um surrado clichê, mas não me bastava aquela beleza, dentro da qual eu me sentia aprisionada. A beleza pode ser útil, no entanto. No meu caso, ela escondia minha insegurança. Eu queria voar mais alto, alcançar a sutileza da inteligência, os recônditos da alma. Meu interesse pela psicanálise não era à toa. Sempre tive a impressão de que fora moldada para viver em linha reta. Agia conforme todos esperavam que uma moça bonita, educada e de boas maneiras, agisse. Mas sempre agindo fora da zona de perigo, distante do círculo de fogo, pálida e glacial, como uma estátua grega, condenada em um gesto e incapaz de romper o bloco de mármore no qual foi talhada.

Então surgem você e suas frases desconcertantes, suas ideias, dando pontapés nos louvores com que os homens me cercavam, só obtendo em troca sorrisos automáticos e longos suspiros de tédio e falta de graça.

Diante de você, senti que não precisava mais me esconder. Podia afastar aquelas sombras que me tolhiam, podia me aproximar do fogo.

Tornei-me mais ousada depois que nos conhecemos e passamos a viver juntos. Até meu analista percebeu como mudei. Eu já vinha fazendo análise há um bom tempo. Com um francês, o Jean Pierre. Ele era delicado e bonito, mas não me apaixonei por ele. Para Jean Pierre eu não passava de uma boneca de louça muito assustada. "Você pode escutarrr que há dentrrro dessa boneca", ele me perguntava durante as sessões com seu carregado sotaque.

Depois que o conheci, Jô, eu disse a Jean Pierre imitando seu sotaque: "Acho que se acendeu um fogo aqui dentrrro da boneca". Ele me olhou como me encorajando. Eu estava finalmente saindo da crisálida.

Uma vez, logo nos nossos primeiros encontros, você falou sobre o fiasco de seu primeiro casamento, como descobrira que sua mulher o traíra e como você reagiu com indiferença, como se aquilo fosse mais um capítulo do seu fracasso matrimonial, que não havia nada a fazer. Então, perguntei a você por que não a largava, e você respondeu que o hábito era uma maldição, que deixa a gente paralisada, que toda a sua vida parecia até ali um conjunto de episódios banais e sem emoção, um longo sono hipnótico, com sombras agitadas em volta diante das quais você não reagia, apenas olhava e sonhava. "Estou sempre atrás da tela, vendo as imagens ao contrário. A vida ao contrário. Esperando o fim da ação e o início inerte dela. Sou esse início inerte, impotente, como um Prometeu acorrentado."

O que você disse me causou um arrepio de tristeza pois via minha vida do mesmo jeito. Falei com você que estava exausta de viver como um fantasma, correndo sem direção só para agradar os outros, meus pais, minha família. E contei que quando eu era criança queria ser um menino. Nós nos beijamos longamente nesse dia. Naquela noite, já era o início da madrugada, eu estava na cama quase dormindo, quando o telefone tocou. Era você. Você disse: "estou indo embora daqui. Em meia hora, estarei aí."

Foi assim que você deixou sua mulher sete anos depois. Enquanto ela dormia. Você me disse que escreveu um bilhete para ela. O que estava escrito naquele papel? Você apanhou algumas roupas e deslizou como um gato à noite até o meu apartamento. Deitou-se ao meu lado e nos abraçamos até dormir. Foi assim que passamos os primeiros meses juntos, colados, geminados, conversando sobre tudo, transando de manhã, antes de eu ir trabalhar, e à noite quando eu chegava. E durante todos os fins de semana. Deixei os anos de análise com Jean Pierre. Estava feliz. Que sentido tinha a análise agora?

Eu falei a nosso respeito para minha mãe, mas omiti o fato de já estarmos vivendo juntos. Depois não houve mais como esconder e contei a ela. Lembro até hoje o que ela me disse: "Minha filha, eu e seu pai namoramos durante dois anos. Sempre sob os olhos vigilantes dos meus pais, só depois, seu pai, tremendo como uma vara, pediu a minha mão. Ficamos noivos e o noivado durou um ano, até seu pai se formar em Engenharia e começar a trabalhar. Também durante todo esse tempo só nos beijávamos e mais nada. Hoje já estamos juntos há vinte e cinco anos e temos uma filha linda da qual nos orgulhamos, e a última coisa que desejamos é que você sofra por, talvez, ter tomado uma atitude precipitada. A imaturidade pode levar a caminhos traiçoeiros."

Quando apresentei você a eles, minha mãe foi muito educada e nos ofereceu café e bolo, e não tirou os olhos de você, como se tomasse a lição de um aluno. Meu pai não era muito de falar, nunca foi. Mas também o testou à sua maneira. Ele perguntou se você gostava de carros e você mentiu dizendo que sim, porque eu o tinha alertado de que meu pai mantinha na garagem um carro que era do meu avô, um Chevrolet antigo.

Vocês dois foram ver o carro e você acabou convencendo-o de que era um maníaco por automóveis antigos, quando na verdade você vivia me dizendo que a civilização estava adoecendo e que o desejo de possuir um carro era um dos flagelos da nossa época, que nos levaria inevitavelmente a um colapso, a uma paralisia completa de nosso planeta. Como você era exagerado quando mentia...

Meu avô, o dono do Chevrolet, era um homem muito sábio e eu o amava. Ele costumava dizer que não existe a mentira perfeita e que apenas pessoas fora do comum conseguiam sustentar uma mentira a ponto de convencer os outros. Mas mais cedo ou mais tarde os mentirosos se traem e a mentira deles escapole de debaixo do tapete como um camundongo assustado tentando em vão se esconder de novo em algum canto. Por outro lado, meu avô dizia, nem toda a verdade pode ser dita. Porque nem em nosso íntimo sabemos o que separa nossas mentiras das nossas verdades, e, muitas vezes, a verdade pode doer tanto quanto a mentira.

Foi a vez então de seus pais me conhecerem. Seus pais eram conhecidos porque saíam nos jornais e o doutor Santiago estava sempre em cena ou nos bastidores. Sua mãe era linda, elegante, discreta. Quanto a seu pai, você tinha me alertado, ele era um homem taciturno, insensível e havia algo de perverso nele. De fato, não era uma visão nada lisonjeira de um filho com relação ao pai.

O doutor Santiago tinha qualquer coisa de solene, talvez fosse a importância que se dava. Mas me tratou com simpatia, uma simpatia que achei um pouco exagerada. Ele me intimidava, não tirava os olhos de mim. Vi como você estava desassossegado com aquela situação. Clarice me deu uma rosa de presente e me levou para conhecer o jardim.

Nosso novo apartamento, um presente de seus pais, ficava próximo a um parque. Aos domingos, levávamos queijo, pão e vinho e fazíamos um piquenique à sombra daquelas enormes mangueiras. Uma vez, ficamos perto de um jovem casal com o filhinho, que chutava cambaleante uma grande bola. O pequeno pinguim rechonchudo chutou a bola bem próxima de onde estávamos. Você se levantou e a pegou. E ficou brincando com o menino, que achava muita graça em você. Quando se sentou ao meu lado, cansado e resfolegando, pensei em como seria bom quando tivéssemos um filho. Você seria certamente um ótimo pai.

Um dos momentos mais felizes daqueles anos foi quando passamos alguns dias na praia em novembro. Houve uma noite, em que ambos estávamos meio bêbados e resolvemos sentar na areia. Você falava que o mar o enchia de um grande prazer, mas eu o interrompi. Levantei-me, não havia ninguém na praia àquela hora, puxei a alça do biquíni e corri para o mar. Você veio logo atrás nu, e nós nos desmanchamos naquela água sob o céu estrelado.

Até hoje me pergunto se aquilo realmente aconteceu ou se sonhamos juntos o mesmo sonho. Nunca mais me esqueci daquela noite.

Você trabalhava numa repartição pública onde ingressara em um cargo comissionado oferecido por um político que devia favores ao doutor Santiago. Depois de abandonar o Direito, você também abandonou o curso de Letras e desistiu de fazer qualquer outro curso superior. Em todos você via defeitos. Eu achava que você daria um ótimo professor.

Nós tínhamos uma imensa estante de livros no apartamento e quase todos os dias você chegava com mais volumes. Lia e escrevia sem parar. Mas você não deixava eu ler o que escrevia porque dizia que aquilo não prestava. Mas durante uma briga, você me acusou de não se interessar por seus escritos e por sua vida interior. Achei patética sua acusação e contra-ataquei dizendo que tampouco você tinha curiosidade sobre mim e me achava frívola.

Em parte, você estava certo. Acontece que eu me cansara de sua melancolia. No início, achava-o brilhante e entusiasmado, mas aos pouco você se transformara em um homem triste e monótono. Zombava dos meus amigos, do meu analista – eu voltara a fazer análise com Jean Pierre – da minha família e, como você dizia, da minha obsessão por espelho.

O fato, Jô, é que eu era jovem demais para estar cansada e sem perspectivas. Você não me acenava com perspectivas concretas. Queria me casar com você de véu e grinalda com uma festa bonita, ter filhos e criar uma família. Você fingia concordar, chegou até a comprar um anel de noivado, mas no fundo você não queria se casar. Não estava dando conta mais daquilo.

Acho que você surgiu na minha vida na hora certa. Eu precisava mergulhar no fundo do lago para me conhecer. Também com você entreguei-me como nunca antes ao prazer físico e fiz coisas que nunca tinha sido capaz de fazer.

Mas o encanto se quebrara. Queria voltar à superfície do lago ainda que tivesse que ceder a algumas convenções. Não conseguimos, Jofre, por mais que tentamos. Uma mulher quer casar, ter filhos ao lado de um marido que ela admira. Você não podia me dar nada disso. Hoje tenho certeza de que você não me amava. Amava só minha beleza e amar a beleza de uma mulher não é a mesma coisa que amar uma mulher de verdade.

Alguns anos depois que nos separamos, conheci aquele que veio a se tornar meu marido, meu verdadeiro marido, um arquiteto suíço sensível, engraçado e inteligente, com o qual tive dois filhos. Não faço mais análise. Nunca mais fiz. Não preciso mais. Gosto de fotografia. Estou bem, Jofre, e espero muito que você esteja bem também.

Adélia

Fui amante de Santiago Monteiro por muitos anos, quando eu era bem moça. Uma amante diligente e devotada. O tipo de amante que todo homem que tem um nome a zelar deseja: uma mulher jovem e bela, fogosa, educada e, sobretudo, muito discreta. Hoje, ouço dizer por aí, que homens e mulheres não têm tantos amantes mais. Não sei se acredito nisso. De todo modo, muitas coisas mudaram. Parece que qualquer traição acaba com o casamento. Ouço dizer também, na televisão e nas revistas, que as mulheres são donas de seu nariz. Será? Eu me pergunto se há alguém no mundo, homem ou mulher, que seja realmente dono do próprio nariz. Duvido. Você pode manter o controle até certo ponto. Mas há impulsos muito fortes que nos levam para onde jamais pensamos em ir. Talvez as mulheres finjam melhor que os homens. Disso não duvido. Os homens pensam que podem esconder as coisas, mas não podem. Eles são muito óbvios. Gostamos dessa obviedade porque assim podemos dominá-los.

Que mulher não gosta de estar ao lado de um macho poderoso? É uma das coisas que mais nos atraem neles: poder. E dinheiro.

Quem não conhecia o doutor Santiago Monteiro? Era um homem influente e temido. É claro que ele me atraiu. Eu trabalhava como secretária no escritório de um colega de Santiago, um sujeito hipócrita e subserviente. Estava lá havia poucos meses quando Santiago me apareceu pela primeira vez. Ele me olhou pausadamente e me cumprimentou. Lembro até hoje do cheiro da água-de-colônia que ele usava. "Posso saber seu nome?", ele perguntou. "Muito bem, Adélia, espero que possamos nos rever em breve".

Alguns dias mais tarde, recebi um buquê de rosas em casa com uma pequena caixa dentro da qual havia um elegante lenço de seda. No fundo da caixa, havia um cartão com um número de telefone e duas letras inclinadas em dourado *SM*. Liguei dois dias depois e um motorista uniformizado me esperava na saída do escritório. Chamou-me de madame e levou-me até uma loja cara no centro da cidade. Disse que o doutor Santiago pediu que eu escolhesse o vestido que quisesse e um par de sapatos. Quando lembro que começou assim, dou muito risada.

Então ele passou a me visitar e a me seduzir. Logo entendi que era casado e queria discrição. Percebi que meu chefe passou a me tratar de outra forma. É claro que devia favores a Santiago. Outras pessoas nunca souberam de nosso caso.

Eu não era virgem quando o conheci, mas só estivera com um homem antes. Um menino que crescera comigo na cidadezinha onde nasci. Mas foram poucas vezes.

Vim para a cidade, fiz um curso de datilografia e consegui meu primeiro emprego como secretária. Era o que havia para jovens como eu naquela época. Eu era uma menina provinciana e tola quando de uma hora para outra me tornei a odalisca de Santiago Monteiro. É claro que fiquei deslumbrada. Ele era muito carinhoso comigo, muito paciente, e me ensinou muitas coisas. Além disso, me dava uma ótima mesada por mês. Meu sultão, eu costumava dizer a ele quando íamos para cama.

Eu sempre soube que nunca poderia ter Santiago só para mim. Certa tarde, esperando sua visita, eu estava triste e mal-humorada pensando na minha situação. Ele notou o meu estado, mas não disse nada. Ficou sentado e tomou um cálice de licor. Como eu já disse, ele era muito respeitoso. Antes de ir embora, deu-me um beijo na testa e só.

Que espécie de mulher eu era, fiquei me perguntando. Por que não fazia como as outras? Casar e ter filhos? Logo, eu pensei, Santiago se cansará de mim. E aí eu me tornaria uma solteirona. Os homens se ajoelham diante das mulheres só quando se tornam cegos por nossas belezas. E daqui a alguns poucos anos, eu não seria mais tão bela. Resolvi então que começaria a me afastar dele, lentamente, sem que ele próprio percebesse.

Naquela tarde, descobri que ele havia deixado um maço de notas sob o cálice do licor. Santiago era um homem muito duro com os outros, mas era muito mais duro consigo mesmo. Ele amava sua mulher. Eu tinha certeza disso. Algumas vezes, não muitas, ele me chamava de Clarice quando fazíamos amor. Eu não gostava, mas nunca o repreendi ou reclamei por isso. Sentia pena dele nessas horas.

Naquele que eu tinha resolvido seria nosso último encontro, decidi fazer uma surpresa. Uma espécie de dança da despedida, da qual ele nunca mais se esqueceria. Vesti-me como uma escrava de luxo e pedi a ele que realizasse seu sonho comigo. Senti dor, mas o prazer que dei a ele compensou. Talvez eu quisesse mostrar a ele que era a melhor amante que ele já tivera, e que o amava mais que sua mulher.

De algum modo, depois daquele dia, as coisas nunca mais foram as mesmas. Ele continuou com suas visitas por algum tempo. As visitas eram reguladas conforme minhas regras.

Nos encontrávamos cada vez menos. Nesse período, conheci meu marido, um funcionário público modesto, mas simpático e educado. E nada ambicioso. É curioso como a gente dá voltas nesse mundo e retorna para o mesmo lugar. Eu sempre dizia a mim mesma que não me casaria com um homem modesto e sem ambição. Tinha saído de casa porque meu pai bebia, não trabalhava e batia na minha mãe. E minha mãe não reagia e não deixava que nós, suas três filhas, reagíssemos também. Ela só rezava. Eu tinha raiva da minha mãe e ódio do meu pai. Mas, pensei, agora vou me casar e pelo menos meu marido não bebe. Nunca bebeu. Ficamos noivos. Só fomos para a cama depois do casamento.

Durante o noivado, recebi Santiago mais duas vezes. Contei a ele que iria me casar. Ele me desejou um feliz casamento e disse que não me preocupasse com o futuro. Ele foi embora e eu nunca mais o vi.

Meses depois do casamento, nasceu minha filha. Meu marido jamais soube da minha história com Santiago. Que necessidade havia de ele saber? A verdade pode causar muito sofrimento. Vivemos bem durante nossa curta vida conjugal. Porém, nossa filha revelou-se uma menina rebelde. Há anos não a vejo. Desde que ela saiu de casa. Tal mãe tal filha, não é o que dizem? De vez em quando, ela ligava para o pai e dava notícias. De vez em quando, os dois se encontravam. Ela amava o pai. Mas meu marido morreu cedo. E desde então não tenho notícias dela.

Ainda hoje vivo bem. Meu marido me deixou uma pequena pensão. Santiago me deu um apartamento, este em que vivo hoje, e uma poupança. Não tenho muitos gastos. Fiz amizade com um grupo de mulheres que se reúnem para dançar e fazer pequenas excursões. Somos quase todas viúvas. Assim me distraio. Levo uma vida tranquila, e não tenho do que me queixar.

TERCEIRA PARTE

Nós

O que os unia era que ambos diminuíam suas expectativas em relação à vida.

Orhan Pamuk

1.

Ele estaciona o jipe Suzuki. Confere, numa caderneta, o número da casa. Sai do carro e caminha até a porta ladeada por um muro ocre de mais de dois metros de altura guarnecido por fios esticados de alta tensão e placas de advertência.

Na entrada do condomínio, um portal com telha colonial, uma cabine com vidros grossos provavelmente à prova de balas e um portão gradeado acionado por controle remoto, um segurança negro corpulento de uniforme preto e botas militares, boné e um revólver no coldre do cinturão, pediu-lhe os documentos, examinou o interior do veículo, voltou para a cabine onde usou o telefone e anotou a hora, o nome, a identidade e a placa do Suzuki. Sua carteira de identidade ficou retida. Antes de acionar a abertura do portão indicou-lhe onde ficava o endereço.

As ruas são asfaltadas, limpas e muito sinalizadas. Quase não há movimento. Deparou-se apenas com uma moto que faz a ronda de segurança e alguns carros, uns dois de manutenção e serviços, um pequeno furgão com o logo de um supermercado e dois ou três veículos estacionados. Na maioria das casas há gramados bem cuidados e árvores.

Medo por toda parte, pensa Jofre. As cidades de seu país transformaram-se em praças de guerra, em terra de ninguém. O país afundou e os que podem vão embora ou se entocam em condomínios de segurança máxima, como esse. No entorno desses condomínios há bairros pobres, casas de tijolos aparentes amontoadas em ruas sem calçamento, onde jovens se agrupam em frente a bares, bebendo, drogando-se, driblando o tempo, suportando como podem a ausência de horizontes. São desses entornos sem saneamento e de iluminação pública precária que saem os empregados das mansões do bunker, os jardineiros que cortam a grama e embelezam os jardins, os pedreiros que consertam os telhados, os tetos de vidro. Há lareiras em muitas casas também, embora o clima tropical prevaleça durante todo o ano, inclusive no inverno. Um micro-ônibus circula dentro do condomínio, depositando a mão de obra. Não há roubos nem outros crimes. O índice de violência ali dentro é igual ao de uma cidade suíça.

Uma mulher de cerca de cinquenta anos, surge na porta. Veste uma calça legging salmão, um top preto, o rosto é bronzeado, o cabelo está preso num coque, é loiro e bem liso. O corpo é esculpido e se ajusta em curvas sob o legging apertado.

“Você veio buscar o Ted, não é?”, ela pergunta olhando-o com aquele misto de condescendência e desconfiança com que os ricos se dirigem aos empregados.

“Sim, senhora.”

“Liane, traz o Ted”, ela grita voltando a cabeça para dentro do portão.

Liane está de uniforme azul claro e branco. É uma mulata jovem e bonita. Segura a guia com Ted, um labrador jovem cuja pelagem de bege a dourado brilha sob o sol. Um belo cachorro.

A dona de Ted curva-se sobre o cachorro, abraça-o na altura do pescoço e fala com voz infantil: "A mami vai morrer de saudades, viu, meu bebê." O labrador está de boca aberta, com a grande língua rosada para fora. Seu corpo chacoalha como uma máquina de lavar. Está quente. Faz mais de trinta e cinco graus.

"Você sabe que ele só come a SuperDog Prime sabor de frango e arroz, não sabe? E pode dar macadâmia pra ele também."

"Sim, senhora. Está tudo providenciado."

Ela o olha, examinando-o. Os ricos sempre julgam que serão enganados. Sabem que o país é um lixo porque o povo é preguiçoso e desonesto.

"Você tem certeza de que não há pulgas no seu hotel?"

"Tenho, senhora. Nosso hotel é rigorosamente limpo e dedetizado. O Ted ficará muito bem acomodado."

"É claro que sim. Não deixe-o junto a outros cães! Ted gosta de privacidade."

"Sim, senhora."

"Está bem", ela diz tirando a guia da mão de Liane e dando a ele. Diz para Ted: "São só cinco dias, meu bebê. A mamãe e o papai vão para Paris e vamos trazer uma surpresa pra você. Até logo, meu lindo." Ela faz uma cara de choro e o acompanha até o jipe. Ele abre a porta de trás e o cão pula dentro do carro e se senta.

"Até logo, senhora. Fique tranquila e aproveite bem a viagem. Ted ficará muito bem."

"Espero que sim! Além do mais, é melhor ele ficar aqui. Paris já não é mais a mesma. As ruas estão cheias de imigrantes africanos. São perigosos e não podemos nos descuidar.

Uma amiga minha foi assaltada na Rivoli, acredita? Fora os atentados daqueles terroristas horrorosos."

Jofre entra no carro, fecha a porta e dá a partida. Pelo retrovisor interno, vê a senhora de legging fazendo sinal de adeus na calçada ao lado de Liane.

Na saída do condomínio, ele entrega o crachá, pega a carteira de identidade da mão do segurança e assina seu nome numa folha de entrada e saída sobre uma prancheta de compensado: Jofre Monteiro. Serviço: retirada do labrador Ted Madagascar, de propriedade da senhora...

2.

Faltam dez minutos para cinco horas. Uma fila dupla de carros, a maioria de mães, cheias de impaciência e tédio, já se formou na frente da escola. Ele para o jipe atrás de uma SUV. Ted se mexe lá atrás. "Ainda não, seu safado. Vamos primeiro pegar a Lisa.", ele diz. "Quanto você custou, meu caro? Pelo menos uns dez mil, tenho certeza. Então você é orgulhoso e gosta de privacidade, não é?". Percebe, mas não liga, uma mulher numa Mercedes ao lado olhando para ele conversando com o cachorro.

"Você não é castrado, estou certo? Então como é que faz? Quando sua mãe se masturba com o vibrador rosa dela, você deve ficar louco com o cheiro, não é? Eu imagino. Eu também ficaria. Ela arruma uma cadela fogosa e insaciável para você de vez em quando? Uma cadela no cio, mas de pedigree como você, quero dizer. Você não é do tipo que sai por aí trepando com vadias, não é, Ted?"

O labrador lambe sua mão. Alguns fios de baba escorrem da sua boca e caem no assoalho do jipe. "Está mesmo quente, meu caro. Você devia ter pedido à sua mãe que o levasse para Paris. Lá está frio agora, e, além disso, você poderia protegê-la dos negros africanos que estão emporcalhando as ruas daquela linda cidade. Você sabia que, durante a guerra, com a ausência de homens, as francesas se punham de quatro para que seus antepassados fizessem o serviço nelas? Já imaginou você enfiando sua tora vermelha numa perfumada boceta francesa?"

Neste instante uma sirene estridente soa por trás dos muros da escola e uma algazarra de centenas de vozes histéricas começa a se fazer ouvir avançando pelo espaço como uma grande onda.

O portão é aberto e uma turba de adolescentes inquietos e ruidosos se espalha pela calçada, um tropel de manada. Vários carros buzinam simultaneamente como se cada som fosse singular. Os adolescentes esticam os pescoços como um bando de suricatos na savana.

Alguns minutos se passam até Jofre avistar Lisa encostada no muro. Há uma roda de meninos e meninas em torno dela, todos eles de mochilas coloridas e smartphones nas mãos. Jofre abre a porta do carro, se pendura no estribo do jipe e começa a acenar para que ela o veja. Quando seus olhares se cruzam sobre as capotas dos outros veículos, ela rapidamente se livra de alguma coisa na mão. Provavelmente, um cigarro,

3.

Lisa está com quinze anos. Há apenas dois anos, ela era como que uma extensão da mãe, uma guardiã de Míriam, brincalhona e irresistivelmente infantil. Nos últimos dois anos, se transformou na paladina da independência, na guerreira da revolta, na porta-voz da guerra às convenções, entrincheirada contra a mãe atrás da benevolência do pai. A jovem fêmea ensaiando os primeiros passos, tateando no universo das contradições femininas, no emaranhado caos do erotismo. Essa nova e surpreendente Lisa exige-lhe paciência e movimentos sutis que ele está certo de não possuir.

Ela abre a porta do Suzuki chupando uma bala. Provavelmente para dissipar o hálito do que quer que estivesse fumando. Diz um oi e passa a mão no pelo macio do labrador. Jofre engata a primeira marcha e pergunta como foi a aula. Não tem coragem de perguntar se ela está fumando. Será que há uma hora para perguntar isso? Quando? Quando for tarde demais? É mais fácil ela dizer que não e continuar às escondidas. "Normal", ela responde à sua pergunta com o carro avançando lentamente pela rua movimentada da escola.

Lisa tira da mochila um smartphone e coloca os fones de ouvido.

4.

O Suzuki, em segunda marcha, avança por um declive de terra e cascalho em uma estrada em cujas margens emaranhados de folhagens verdes tingem-se de amarelo. Há mais de duas semanas não chove.

"Está tudo bem?", Jofre pergunta mesmo sabendo qual será a resposta. Pergunta apenas para manter em movimento a pantomima de pai e filha.

"Normal".

Ela se parece com a mãe. Membros delgados, harmoniosos, um rosto de ângulos retos, uma pele extraordinária, infensa à voracidade de espinhas pubescentes, olhos que brilham em delicadas concavidades e as mãos perfeitas de Míriam, com unhas pintadas de magenta. Jofre tenta puxar assunto, mas a menina já está com os fones novamente, e finge que não vê o pai falando com ela.

Depois de uma curva, vê, na margem da estrada, Zenon. Reduz a velocidade e encosta o jipe. Zenon veste jeans surrado e rasgado, está descalço, sem camisa. Tem trinta anos, mas seu rosto marcado e rachado de sol o envelhece em pelo menos mais dez. Está de boné branco com a marca de um posto de gasolina. Em uma mão, segura a camiseta, com a outra, um cigarro amassado.

“Tudo bem?”, Jofre pergunta enquanto ele se aproxima da janela do lado de Lisa.

Os olhos amarelos de Zenon escorregam sobre os pequenos seios de sua filha, duas protuberâncias rígidas, firmes, que se destacam em relevo sob a camiseta do colégio. A menina franze o rosto, cruza os braços e se desloca poucos centímetros para seu lado no banco. Zenon exala um cheiro que mistura suor, tabaco e álcool.

“Olá, chefe. Oi, Lisa. E esse cão. Que maravilha, hein”, diz Zenon apoiando as mãos na porta.

Zenon mora numa casa de alvenaria no terreno em frente ao deles do outro lado da estrada. Mora lá desde antes de ele e Míriam se mudarem para o sítio há dez anos, quando Lisa tinha medo de galinha e era apenas uma garota rechonchuda de cinco anos. Ela gostava de Zenon que lhe trazia flores e mexericas doces e brincava jogando ela para cima.

Naquela época, Zenon tinha vinte anos e morava com o pai, um dos primeiros moradores da região. O velho morreu há cinco anos de peritonite, de tanto beber. Zenon pelo visto ia pelo mesmo caminho. Ele gostava de Zenon, tentou ajudá-lo nos estudos, sem êxito. Mas agora preferia mantê-lo à distância.

Talvez uma década vivendo no mato o tenha provido de um instinto de territorialidade, como os animais.

“Vamos verificar as mangueiras amanhã? A água está subindo muito lenta. Deve estar afetando sua casa também.”

“Amanhã?, vamos”, diz Zenon.

Sua voz está arrastada. Deve ter bebido e vai beber ainda mais. Até cair e só acordar no dia seguinte. Como fazia também o pai.

"Está indo pra casa?," Jofre pergunta, torcendo para ouvir um não. Lisa vira a cabeça para o pai e abre a boca para dizer não, não dê carona para esse bêbado, pelo amor de Deus.

Zenon ri. Os dentes são amarelos. Logo vai começar a perdê-los. Um a um eles vão cair.

"Vou caminhando, chefe. Faz bem pra saúde".

Não insista. Por favor, não insista, implora Lisa com exagerados movimentos labiais.

"Está bem. Até amanhã, Zenon."

"Que nojo", sua filha diz agora em voz bem audível quando o carro já deixou Zenon para trás. Será que a felicidade de uma família dura somente enquanto os filhos não crescem? Ele não sabe. É a primeira vez que tem uma família. Torce para estar errado.

5.

Sente a leveza refluir quando desce do Suzuki para abrir a porteira pintada de branco. Se o mundo lá fora está explodindo de ódio, desejos de vingança, toneladas de mesquinharias e tolices, nos dois hectares de seu sítio uma ordem persiste, uma ordem sólida, erguida com perseverança. São dez anos se não de plena felicidade, ao menos de equilíbrio e previsibilidade. Ele, Míriam, Lisa e o hotel de cães, uma atividade que não os cansa e recheia a rotina deles sem doses extras de preocupação e tédio.

Lisa desce do jipe e caminha a passos rápidos para a casa, distante uns cem metros do pátio do estacionamento coberto por um telheiro com quatro vagas. Jofre sabe que a filha mal dirá oi para a mãe, subirá direto para o quarto e se pregará na frente do laptop. Só descerá mais tarde para o jantar. Se pudesse comeria lá mesmo. A vida dela fora da escola é puro tédio, quebrado apenas por passeios com as amigas aos sábados. Se não fosse o laptop e o smartphone conectados vinte e quatro horas por dia, ela preferiria morrer, disse uma vez.

Ela já não anda mais pelo sítio, não passeia com os cães, continua temendo as galinhas e nem sol ela toma mais porque o mundo se convenceu de que tomar sol é prejudicial à saúde, causa câncer e envelhecimento precoce. Quase não entra na piscina, a não ser quando suas amigas aparecem por lá. Ainda assim, três vezes por semana, Jofre limpa a piscina. Há três ou quatro anos, ele e Lisa ficavam na água até de noite no verão.

Abre a porta de trás do carro e tira Ted de lá. "Me responda, seu cão safado. Como uma pessoa pode mudar tanto em apenas dois anos?". Ted balança o rabo e olha para ele.

Deixa o labrador no canil, em meio a uma algaravia de latidos e rosnados, e passa os olhos pelos chalés dos cães, verificando se os animais estão bem. "Amanhã, vamos passear, suas pestes. Agora tratem de ficar quietos e não importunem nosso ilustre visitante, lorde Ted. Ele não gosta de vocês. Assim como sua dona rabuda não gosta da gente."

O canil fica a duzentos metros da casa, no declive de uma encosta. Tem iluminação alogênia e dispositivos de alarme em cada chalé. Não para evitar que um cão tente fugir, mas para evitar que alguém tente entrar.

Há dois anos, um buldogue apareceu morto numa manhã com o diagnóstico de envenenamento. Jofre tomou as medidas de segurança necessárias. Por um fio, o negócio deles não foi para o espaço. Miriam conseguiu convencer o dono de Nicolau – Jofre nunca esqueceu o nome daquele cachorro bonachão e bocejante – a não os denunciar.

Nunca descobriu quem fez aquilo. Mas o fato coincidiu com a chegada de novos moradores nas redondezas.

Talvez, ele pensa enquanto sobe para a casa, chegará o dia em que tenhamos de levantar um muro de três metros com cercas multiperfurantes como o da casa da dona de Ted. Ou então, teremos que vender o sítio e ir embora. Mas ele não consegue pensar em algum lugar para onde ir.

6.

Após o jantar, durante o qual Lisa mal abriu a boca para conversar, Jofre e Míriam, como faziam todas as noites, pegaram cada um uma xícara de chá de limão e se sentaram na varanda. O ar ali nas montanhas sempre esfria à noite, mesmo em um dia quente como aquele. Lisa subiu correndo e se trancou no quarto.

Míriam está tricotando uma colcha. Ele não se cansa de contemplá-la. Ela movimenta habilmente as duas grandes agulhas com a cabeça tombada. Jofre pensa em uma pintura, um quadro antigo, uma cena eternizada e imutável, que estará ali amanhã, depois de amanhã e sempre, e que parecia estar ali há muito tempo, antes deles.

A história deles tinha dez anos e dava a sensação a Jofre de ser fresca, familiar, aconchegante, coberta pelo manto da segurança. Nenhum deles jamais viveu aquilo, a fleuma de um lar e um amor tranquilo. Fresta alguma do passado os atormenta. O passado com sua tremenda carga de sofrimento foi enterrado. Não respira mais. Não é lembrado.

Vivem isolados e não têm amigos. Nos primeiros anos, os dois amigos de Jofre, o professor de história e o economista, ainda ligavam para saber como andavam as coisas. Mas o evidente desinteresse dele para falar a respeito de sua nova vida, os desanimou. Talvez tenham compreendido, talvez lamentado, que naquela nova vida de Jofre, não havia lugar para eles. Pararam de ligar. Nunca mais se viram. O que é bom, porque desse modo, não há vínculo com o passado. Miriam também não tem amigos, e dos tempos de Kali, nada sobrou.

Dividem as tarefas de maneira a não acender uma centelha sequer de tensão. Míriam é responsável pela parte administrativa do canil. Faz os contatos necessários, liga para os fornecedores, controla as finanças, assina os cheques. Enquanto Jofre cuida da parte prática, limpa os boxes, alimenta os animais e corta a grama. Além de ser o responsável pelo transporte. A única tarefa compartilhada é o passeio pela manhã com os cães em torno da propriedade.

À noite, sentam-se na varanda, como estão agora, e conversam amenidades. Depois, às dez, dez e meia, Jofre verifica uma última vez o canil, tranca a casa e vão para o quarto. A vida sexual anda razoavelmente bem para um casal com dez anos de monogamia.

"Acho que Lisa está fumando", diz Jofre depondo a xícara de chá sobre a mesinha com tampo de vidro ao lado da cadeira de vime sobre a qual está sentado.

"Pode ser uma curiosidade natural na idade dela", responde Míriam sem interromper a costura.

Uma das coisas que ele mais admira na mulher é a força de suas convicções e a naturalidade de suas reações. Quando Nicolau, o buldogue, amanheceu sem vida no canil, ele correu até o quarto de depósito embaixo da casa para pegar a carabina de 22 milímetros. Se não fosse Míriam, ele teria saído no jipe com o cano da arma para fora da janela para interrogar os vizinhos. Ela, no entanto, o convenceu da sandice que estava para cometer. Então eles fizeram o que tinha de ser feito: avisaram a polícia, cujo inquérito obviamente não deu em nada. E investiram em segurança.

"Você acha que ela não pode estar fumando outras coisas também?", ele pergunta.

"É só curiosidade, meu amor. Ela só tem quinze anos. Está curiosa. Não vai se perder...", ela interrompe o movimento com as agulhas e olha para ele como se aquele olhar estivesse completando a frase ("*como eu me perdi*"). Ele se levanta, senta-se ao lado dela e a abraça. Sente uma pontada de culpa. Por que você tocou no assunto, seu estúpido? Imbecil. Limpa com o polegar uma lágrima no rosto dela.

"Não foi nada", ela diz.

"Ela está só na idade das trevas", ele diz brincando e arrancando um sorriso dela.

Mais um dia que termina e está tudo calmo.

7.

Três vezes por semana, Vânia, uma jovem veterinária, visita o sítio e examina os cães. Toma seus sinais vitais, desliza a mão sobre seus dorsos à procura de um caroço fortuito, um carrapato ou uma ferida oportunista. Vânia alimenta uma indisfarçável veneração por Míriam, como se a dona do canil fosse sua irmã mais velha, cheia de sabedoria e fonte de orientação e conselhos para a atormentada vida afetiva da veterinária. Após a inspeção, as duas se sentam na varanda e conversam enquanto tomam café e comem biscoitos.

Vânia é a que mais fala. Está sempre desorientada em suas encruzilhadas erótico afetivas, falando sem parar, pedindo conselhos. Jamais interrogou a amiga acerca de seu passado.

"Eu queria ser como vocês dois. Um casal com substância, sintonizados. Que respeita o espaço e o silêncio do outro", ela diz agitada.

"Você parecia empolgada com o Paulo. Por que não dá uma chance a ele?", foi a última frase que Jofre ouviu da mulher antes de se dirigir para a porteira.

Na verdade, sempre que podia, Jofre dava um jeito de se ausentar durante as visitas de Vânia. Algo naquela veterinária que batia a cabeça quando o assunto era relacionamento o incomodava. Quando os três se sentavam para conversar, ele evitava o olhar de Vânia.

Jofre não dizia quase nada, mas frequentemente diante dela sua cabeça entrava em pane, e ele se punha a imaginá-la nua, a imaginar como seriam seus seios, os bicos endurecidos, suas coxas fortes, suas mãos treinadas de veterinária. De alguma forma, parecia a ele que ela estava sempre no cio, insatisfeita e com sede.

8.

Está na frente da casa de Zenon.

Ele grita. Não há resposta. O terreno onde Zenon mora é um depósito de trastes a céu aberto. Há uma carcaça de fusca depenado, pedaços de vigas enferrujadas, tijolos chamuscados, emaranhados novelos de arame farpado, folhas de zinco, peças de ferro corrugado, tonéis de óleo diesel cheios de furos – provavelmente de balas –, trapos pelo chão, lixo, galinhas ciscando e um vira-lata esquálido que sempre rosna quando Jofre está por perto. O cachorro chama-se Preto, mas na verdade é marrom.

"Aposto que seu dono está desmaiado no chão desta pocilga, seu cão fedorento", ele fala pisando um trecho do terreno sobre o qual ao menos meia dúzia de garrafas vazias de cachaça estão espalhadas.

A janela do casebre junto à porta está aberta. Ele se aproxima chamando Zenon com o vira-lata rosnando atrás dele, mas sem coragem de avançar. Precisa de Zenon para reconectar a mangueira. Sozinho não consegue juntar as pontas do tubo de borracha e ao mesmo tempo apertar as presilhas. Precisa apenas daquele par de braços de Zenon por meros dois minutos. Só por dois minutos.

Como imaginava, Zenon está desacordado no ladrilho da sala, de bruços, da boca aberta expele um ronco medonho e uma baba espessa. O ambiente todo cheira a álcool, fritura velha e urina.

A ideia de abrir um hotel para cães foi de Míriam. Ele nunca teve vocação para negócios, trabalho e muito menos para ganhar dinheiro. Sempre pensou que o dinheiro que já tinha, que seus pais deixaram, era suficiente. Depois que Santiago morreu, um ano após se casar com Míriam, seu advogado o procurou. Havia herdado todos os imóveis, mais do que um dia imaginava que seu pai possuísse, as ações e os fundos de investimento. Dinheiro mais do que suficiente para ele e Míriam terem uma vida tranquila e dar uma vida tranquila para Lisa. Por ele, Jofre, os dois viveriam sem fazer nada, apenas cuidando da casa, educando Lisa e cuidando um do outro. Mas Míriam insistiu para que tivessem um trabalho que os ocupasse, caso contrário, ela disse, vamos devorar um ao outro rapidamente. Ele concordou sem se convencer totalmente. Mas logo percebeu que o tino da mulher em abrir um hotel para cães estava certo. As famílias ricas e de classe média alta estavam diminuindo dramaticamente. As pessoas já não tinham mais filhos – quando muito um apenas –, mas tinham cães e gatos. Seres humanos com sua inesgotável aptidão para problemas estavam gradual e velozmente sendo substituídos por animais domésticos, incomparavelmente menos sujeitos a crises.

A domesticação de cães data de milhares de anos, mas sua super-humanização era um fenômeno recente em termos históricos. Há seguros de saúde para eles, spas, perfumes, roupas de grife, carrinhos de luxo para conduzi-los, antidepressivos, tranquilizantes, terapeutas, cervejas, babás eletrônicas, babás humanas. E um dia, Jofre gosta de pensar, a indústria fabricaria brinquedinhos eróticos para cães e gatos, se já não os tiverem feito. Ele imagina uma cadela inflável que exale uma composição química igual ao odor expelido quando estão no cio. Cemitérios e crematórios já existem, mas surgirá também uma religião canina e ele imagina um deus feito à imagem e semelhança do cão, um pastor alemão, cardeais com focinhos de bassê, padres com orelhas de dobermans, toda uma casta sacerdotal ganindo e oferecendo o reino dos céus para aqueles que se convertessem.

Os cães, ele leu, mas não lembra mais onde, graças a um poderoso instinto de sobrevivência, para perpetuar a espécie no selvagem e impiedoso universo darwinista, se sujeitaram ao domínio da civilização humana desde os primeiros agrupamentos. A ponto de terem, segundo dizem, introjetado a personalidade de seus donos. Ted, por exemplo, não é orgulhoso e pouco sociável, como advertiu sua dona, que a essa hora enche a cara de champanhe numa poltrona de primeira classe cruzando o Atlântico rumo à decadente Europa?

Um ótimo negócio, ele repete, enquanto sacode aquele saco amorfo que é o corpo de Zenon. O país todo está caindo aos pedaços, mas nosso nível de ocupação hoteleiro mantém-se em quase cem por cento. Está passando da hora de expandir.

Só consegue ressuscitar Zenon após quinze minutos de sacudidelas e três ou quatro copos de café que ele mesmo preparou enquanto um gemente Zenon tentava pateticamente escalar do chão para o sofá decrépito da sala.

O cheiro de Zenon era insuportável, sobretudo, sob os mais de quarenta graus que faziam dentro da cabine do Suzuki. Jofre pisava fundo no acelerador levantando um cúmulo de poeira esbranquiçada.

Rapidamente emendou a mangueira. Zenon, como ele previa, apenas emprestou sua força, ainda que trêmulo, para manter a ponta de um dos tubos colada à ponta do outro, enquanto ele, Jofre, apertou vigorosamente a presilha.

"Me deixe no entroncamento, chefe", diz Zenon poucos metros antes de o jipe chegar à porta do casebre. Sua vontade é abrir a porta e dar um pontapé com sua bota velha de montanhista e expulsar aquele trapo para fora. Ao invés disso, ele engata a terceira marcha e segue para o entroncamento a um quilômetro e meio dali.

No entroncamento, há um bar. Uma espelunca desolada fedendo, com uma mesa de sinuca de ficha e um pequeno balcão, atrás do qual um velho mulato de rosto lanhado e olhos empapuçados vende cachaça, cerveja, linguiça e torresmo. Três ou quatro homens jovens sem camisa estão na porta. São dez horas da manhã e seus olhos estão vermelhos e um sorriso idiota desenha-se em suas caras. Eles olham para o jipe e para ele, Jofre. Há mais que mera curiosidade no olhar deles, pensa Jofre. Talvez raiva.

"Me dá dez aí chefe", diz Zenon.

"Dez! Só por você ter segurado a ponta de uma porra de mangueira."

"Sim. Para segurar a porra da ponta da mangueira. Para que a porra da água chegue limpinha no seu lindo sítio, chefe."

A tensão entre eles só tem aumentado nos últimos tempos principalmente depois que a mulher que vivia com Zenon fugiu de casa com um amigo dele. Antes ele bebia só à noite e então a espancava. Desde que ela se foi, começa a beber desde a hora que acorda.

Jofre tira uma nota de cinco e enfia na mão trêmula de Zenon.

O olhar de Zenon para ele é de ódio, um ódio cristalino, afiado como uma lâmina de aço. Ele sai do carro e Jofre arranca.

Estaciona o Suzuki sob o telheiro. Faltam quase duas horas para o almoço. Daqui a uma hora, vai tirar os bifes temperados desde ontem da geladeira, ligará os acendedores do fogão para aquecer o arroz e o feijão. Enquanto isso, picará meia alface e dois tomates, regará com azeite e só então passará os bifes. A cozinha é seu departamento. Reaprendeu a gostar de cozinhar. Às vezes se arrisca em uma receita mais elaborada. Gosta de cozinhar para Míriam. Gosta de vê-la comer. Gosta de tê-la por perto.

Mas antes disso, sua preocupação é outra.

Ao invés de entrar em casa, em cujo escritório Míriam certamente está trabalhando com planilhas abertas na tela do computador, recebendo e dando ligações, ele caminha até o depósito embaixo.

Tira o molho de chaves do bolso e destranca o cadeado da porta de madeira. Acende a única lâmpada nua do cômodo. O ar está abafado e há um forte cheiro de tiner. Abre um pequeno armário num dos cantos e tira com cuidado a carabina de 22 milímetros de lá. Como imaginava, o pente da arma está vazio. Abre uma gaveta dentro do armário, retira uma caixinha retangular e coloca um a um os cartuchos de aço no pente. Está suando e tremendo um pouco. Recoloca a carabina de volta ao armário, apaga a luz e tranca a porta do depósito. Ouve Míriam chamá-lo. "Já estou indo, amor", responde. Corre até o banheiro ao lado do depósito que fica em frente à piscina, joga água no rosto, esfrega-o vigorosamente com as mãos e respira fundo.

9.

É quinta-feira. Os três estão jantando. Jofre preparou espaguete à carbonara, uma de suas especialidades. As duas, mãe e filha, comem com apetite. Ele está satisfeito. Um dos melhores momentos do dia. Como se desde o despertar até o jantar a vida fosse uma corrida de obstáculos. Como um quadro na parede: a ceia da família.

Lisa pergunta se Val, a amiga da escola, pode passar o fim de semana com eles. Jofre, como sempre, deixa Míriam responder: "Claro que pode, meu amor."

Há um acordo antigo entre eles e os pais de Val – quer dizer, só o pai. Os pais dela se separaram há cinco ou seis anos e Val optou por ficar com o pai. A mãe não se opôs. Conforme o acordo, o pai de Val a traz no sábado, e ele, Jofre, a leva de volta no domingo.

"Vou deixar a piscina cristalina, para vocês", ele diz apenas para temperar a receita, tornar tudo agradável, o mais agradável possível.

"Legal", é a resposta de Lisa. Já é alguma coisa.

Sabe que a filha e Val gostam de asinhas picantes de frango que ele faz na grelha. Amanhã, vai passar no supermercado para comprá-las.

Depois de lavar a louça, esquenta o chá, enche duas xícaras e as leva até a varanda. Míriam está tecendo sua colcha. Ele se senta à sua frente, e procura se concentrar no livro de Stevenson. Do seu passado, a única coisa de que não foi capaz de se desvencilhar foi dos livros. Quando colocou o apartamento à venda, deixou todos os móveis e utensílios domésticos para o novo proprietário. Doou quilos de roupas, queimou uma imensa papelada: álbuns de fotografias, cadernos, desenhos, documentos sem importância dos pais, tomos de direito civil e penal do pai, cartas, restos de espólios de suas ex-mulheres. Tudo virou cinza. Mas, ao olhar os mais de mil livros enfileirados na estante da sala, colocou-os em caixas. Um ano depois, quando a construção da casa do sítio foi concluída, mandou forrar a parede do escritório de estantes. De certa forma, foi uma imersão no passado, mas surpreendentemente não houve dor. Separou os títulos de história, que ocuparam três prateleiras. Resolveu, sem pensar muito, desfazer-se de todos os livros de crítica e teoria literária, assim como das biografias de escritores. Acha que esses gêneros contaminam a obra, envenenam as páginas e estreitam a visão do leitor.

Qual o interesse dele em saber se Hemingway tinha complexo por causa do tamanho de seu pênis? O que isso tem a ver com a arrebatadora emoção que ele sente toda vez que lê *A Vida Breve e Feliz de Francis Macomber*? Você lá quer saber se Drummond tinha uma amante? Qual a razão de o poeta não ter conhecido a Europa? Quais versos você conhece que sejam mais avassaladores do que os de *A Máquina do Mundo*? Por que bisbilhotar a relação de Drummond com a família se ele iluminou as furnas mais escuras de uma família no maravilhoso *A Mesa*, que você não se cansa de ler e sempre termina chorando? Você não quer cupim algum roendo seus amados autores. Por isso, deixou na estante apenas romances, contos e poesia, e uma dúzia de livros de arte com seus favoritos: Manet, Courbet, Bacon, Amilcar, Iberê, Picasso, o Goya tardio, alguns desenhos de Fellini, e Guston. Dos CDs, se livrou de todos os de rock, guardou uns três ou quatro Caetanos, Mingus, Parker, Desmond, as duas gravações de Glenn Gould para as *Variações Goldberg* e as fugas de Bach, as sonatas completas de Beethoven, Janacek e Satie, estas herdadas do pai.

Teve um dia incomum. Tenta esquecer o olhar fuzilante de Zenon na porta do boteco. Sente ainda o cheiro ácido da boca de dentes amarelos dele. Sente raiva de si mesmo por sentir repulsa daquele homem que até outro dia era um bom moço, que queria agradar e levava flores do campo e frutas para Lisa, que ajudava a aparar a grama e que chegou até a ajudá-lo com os cachorros no início. Logo em seguida, Zenon se casou com Neide, uma mulher vulgar e provocante que espremia sua esplêndida bunda em shorts apertados e equilibrava-se sobre tamancões de saltos altíssimos. Neide trabalhava na loja de conveniência do posto de gasolina na estrada estadual a sete quilômetros dali e atraía enxames de homens. Até hoje Jofre se pergunta por que ela resolveu se casar com Zenon quando poderia escolher um daqueles caras malhados de corrente no pescoço que paravam seus carros com caixas de som trepidantes e ficavam conversando com ela. O que ela viu em Zenon? Talvez um rapaz puro, uma espécie de príncipe do mato. Bom, mas aconteceu que o príncipe da floresta caiu do cavalo, ficou cego de ciúmes e o álcool se encarregou das surras violentas até ela entrar no carro de um amigo dele e desaparecer de sua vida. E desde então ele vem se arrastando como um fantasma. Transformou-se em um condenado. Num tipo de homem que destrói aquilo que ama.

"Vamos dormir", Míriam diz.

Ele fecha o livro, levanta-se e a abraça.

10.

Hoje é sábado. São seis e meia da manhã. O mormaço anuncia mais um dia escaldante. Daqui a poucas horas, o calor será tão esmagador e espesso que se poderá tocar o ar, como se centenas de milhares de hectares naquela região estivessem enclausurados numa imensa estufa. Não será espantoso se tudo começar a derreter. A bola de mercúrio do termômetro pendurado na parede da varanda já marca vinte e quatro graus.

Jofre abre a geladeira e toma no bico quase metade de uma garrafa de água. Abre as janelas da sala, as duas portas que dão para a varanda, a porta da sala, e segue para o canil.

Em janeiro e no carnaval, o hotel canino tem ocupação máxima. Os clientes fazem suas reservas no meio do ano depositando cinquenta por cento do valor das diárias. Em média, os cães ficam cinco noites. Mas há casos de permanência de quinze dias e alguns raros de mais de vinte dias.

Há quatro anos, em um janeiro pródigo de chuvas, um casal de cerca de sessenta anos havia deixado um yorkshire, de nome Téo, de sete anos, para um *soggiorno* de oito dias, durante os quais seus donos visitariam algumas cidades do circuito das águas onde passaram a lua de mel há mais de três décadas. Sandra e Luiz. Um amável casal de intensa movimentação. Viagens, montanhismo, mergulhos submarinos, cursos de gastronomia, degustações de vinhos, aulas de dança, ioga, natação, ciclismo e malhação. Uma vida agitada o bastante para caber um filho. "Temos um ao outro e muitos amigos", disse Luiz um dia a Jofre e Míriam. Um casal invejável, cheio de energia física e de uma tremenda vontade de viver. Nada de tédio. Só se vive uma vez, diziam.

Uma noite, após deixar uma estação termal para voltar para casa e na manhã seguinte fazer o check out de Téo, o jipe quatro por quatro que Luiz dirigia, sob uma chuva persistente, furou um pneu dianteiro. Luiz já havia posicionado o macaco sob o carro, quando um Gol parou atrás dele. De dentro, saíram dois homens. Luiz se ergueu e quando abria a porta do lado do motorista foi atingido por dois tiros. Um atravessou-lhe o ombro e o outro perfurou seu pulmão direito. Sandra levou um balaço na cabeça e morreu sentada no banco do carona com o cinto de segurança afivelado no peito. Os dois homens pegaram a carteira de Luiz, a bolsa de Sandra, abriram o porta-malas do jipe e colocaram tudo o que havia lá no porta-malas do Gol.

Na manhã do dia seguinte, Jofre já retirara Téo do canil para lavar o chalé que seria ocupado por outro cão. Às onze e meia, ligou para o celular de Luiz. Estava desligado. Meia hora depois, ligou de novo e nada. Uns quinze minutos depois, Míriam correu em direção a ele e o abraçou chorando. Havia acabado de ler a notícia na internet.

Os dois homens foram presos em uma cidadezinha a quarenta quilômetros do local do crime depois que o recepcionista do hotel onde se hospedaram, ao ver o que parecia ser respingos de sangue no blusão de um deles, ligou para a polícia. O que atirou na cabeça de Sandra tinha dezessete anos. Confessou ter disparado porque a vítima reagira. Deve estar solto agora, pensa Jofre, lembrando da história em frente ao canil.

Nos dias seguintes, pensaram em comunicar à polícia por causa de Téo. Mas Míriam ponderou que o cãozinho acabaria no canil municipal com poucas chances de sobreviver. Resolveram não avisar. Na carteira de Luiz ou na bolsa de Sandra certamente havia o documento com o timbre do hotel canino, com a data de entrada de Téo. Caso a polícia os procurasse, não teriam escolha e entregariam o cachorro. Mas ninguém nunca procurou pelo cãozinho. A polícia tinha coisas mais importantes para se ocupar, pensou Jofre. Então Téo ficou com eles. Vivia solto no sítio e era um bom cachorro. No ano passado, desapareceu. Jofre o procurou por toda a redondeza. Cartazes oferecendo recompensa foram espalhados até o posto de gasolina na estrada estadual. Nada. Com essa triste lembrança reavivada na cabeça, Jofre inspeciona cada um dos chalés do canil. Da esquerda para a direita, confere as fichas presas nas grades: dois daschunds machos, Sigmund e Jacques, no chalé um; um pastor belga macho, Sansão, no chalé dois; um galgo fêmea, Mina, no chalé três; um dálmata macho, House, no chalé quatro; um labrador macho, Ted, no boxe cinco; um husky fêmea, Tamina, no chalé seis; um pug macho, Skipe, no chalé sete; e um golden retriever macho, Lorde.

11.

Ao meio dia, uma BMW branca estaciona em frente à porteira. Jofre e Míriam, que estavam na cozinha, caminham até lá. Um homem de cinquenta anos, de bermuda branca, camisa polo grená e óculos Ray-ban, sai do carro e está ao lado de Val, a melhor amiga de Lisa, que chegou para passar o fim de semana.

Ela veste um short jeans esfiapado, sandálias de borracha e uma camiseta cavada com a imagem de uma banda de rock. As coxas são longas, mas não magras, e não há como Jofre não imaginar a bocetinha depilada sob a intersecção daquele deslumbrante par de pernas.

Os pais se cumprimentam, comentam brevemente sobre o calor insuportável e se despedem.

Enquanto Míriam sobe para acordar Lisa, Jofre e Val esperam à sombra da varanda. Ele sente que precisa dizer alguma coisa, só não sabe o quê. Val, por outro lado, parece completamente à vontade.

"É legal ter um hotel pra cachorro?". Ela quebra o silêncio, para alívio dele.

"Dá trabalho, mas é interessante", responde olhando rapidamente os olhos esverdeados da garota.

"Você quer dar uma olhada?", ele arrisca.

"Legal", ela diz, monossilábica, como todas as meninas da idade delas, talvez, em toda parte do mundo.

Jofre caminha na frente dela, rompendo o protocolo do cavalheirismo. Não que ela se importe. Mas a medida é preventiva. Está retraindo seu desejo ao máximo. Se ela estivesse à sua frente, olhando a cavidade de suas ancas lisas e firmes, a meia ereção de agora engataria uma segunda marcha e, do modo como ele está vestido, uma bermuda folgada e sem cueca, seria constrangedor.

Agora, que ela está a seu lado diante dos chalés, é que ele percebe uma pedra brilhando na aleta do nariz dela. Uma minúscula esfera cintilante sob o sol. Alguma estrela anã que pousou ali.

"Estes são Sigmund e Jacques", ele apresenta os irmãos daschund, que colocam a ponta dos focinhos compridos entre as grades.

"Que fofos." Ela se agacha para tocá-los e ele não tem como deixar de ver a fenda que aparece na folga do short sob seu ângulo.

"Eles são amiguinhos?"

"Brigam muito, mas dormem um em cima do outro."

"E esses nomes engraçados?"

"Seus donos são psicanalistas."

"Ah."

Será que isso significa que ela entendeu?

"Este aqui é o Sansão."

"Nossa, ele é enorme."

"Bem, esta é a Mina."

"Oi, Mina! Como você é magra! Queria ser magra como você. Ha-ha."

"Temos aqui o House."
"Ah, como o *Cento e Um Dálmatas*!"
"E este é o Ted."
"Ele deve tá morrendo de sede, coitado."
"Debaixo daquele telheiro não é tão quente, e tem uma tigela com água fresca. Esta aqui é a Tamina."
"Acho que ela gosta mais de neve, né? Que nome. Parece nome de remédio."
Ele pensa em explicar que Tamina é um nome fictício de uma personagem de um romance de Milan Kundera e que seu dono é um professor de letras. Mas ela já se agachou, como ele previra, diante do chalé do pug.
"E voxê, seu fofucho. Como voxê se chama?"
"Skipe."
Bagas de suor transpiram de todos os poros de seu corpo e ele enfia a mão no bolso para domar seu desejo.
"E, finalmente, o Lord."
Nesse momento, Lisa grita da varanda: "Amiga!" Ao que Val responde com a mesma vibração dando-lhe as costas: "Amiga!"

Míriam está ao lado da filha. Ele procura ganhar tempo. Será que sua mulher consegue ver o volume em sua bermuda, daquela distância?
Antes de se encaminhar para a cozinha e continuar ajudando Míriam no suco de limão e nos aperitivos, e acender a grelha para assar as asinhas picantes de frango, ele corre e se tranca no pequeno banheiro próximo à piscina, e, em dois ou três minutos, no máximo, sentado no vaso sanitário, vê o líquido de seu desejo escorrer entre os dedos.

As meninas haviam subido e se trancado no quarto de Lisa quando ele chegou à cozinha e se juntou a Míriam. Debruça-se sobre a bancada de mármore e começa a fatiar um salame com pistache. Sobre um prato fundo, despeja um vidro de azeitonas pretas. Em outro prato, espalha rodelas de mussarela de búfala, rega com azeite e coloca folhinhas de manjericão.

Vinte minutos mais tarde, acaba de acender o carvão no bojo da churrasqueira instalada no caramanchão coberto de telhas vãs e sob o qual há uma pia de ardósia e uma mesa retangular de madeira ladeada por dois bancos inteiriços. A piscina, como ele prometeu, está cristalina. Em torno dela, sobre a grama, há duas espreguiçadeiras de fibra de plástico com almofadas, uma mesinha e quatro cadeiras com um guarda-sol e uma cadeira reclinável de praia de listras coloridas. Míriam está sentada nela e folheia uma revista qualquer.

Depois de se masturbar como um garoto de doze anos, ele acredita que se encontra sob controle. Por via das dúvidas, antes de descer até o caramanchão, subiu rapidamente ao quarto e vestiu uma sunga apertada sob o bermudão folgado. Tudo está em paz no planeta de Jofre. E ele não fará mais nada que perturbe essa paz.

Finalmente, as amigas adolescentes se fazem ouvir. Aproximam-se da área da piscina de mãos dadas e aos gritinhos. Ambas estão de cangas até a cintura. Chegam com os fones de ouvido ligados aos smartphones.

Ele pilota concentradamente as chamas dos carvões. Está de costas para a piscina. Por isso, não vê Val retirar a canga e descobrir a calcinha de biquíni fio dental. Não vê, mas ouve quando ela fala para Lisa: "Não é um tesão? Gostoso." Lisa responde: "Muito gato mesmo."

"Meninas, querem uma limonada?" A pergunta é de Míriam. Ele sabe que é de interdição e reprovação. Olha como você fala, sua vadia, é o que ele pensa que Miriam quis dizer. Logo ela, pensa. Para ele, isso faz todo o sentido, mas sente-se, não sabe bem por quê, incomodado.

"Vou preparar para vocês com muito gelo."

Ele imagina que a amiguinha moderna da filha já perdeu a virgindade. E começa a se perguntar: com quantos anos elas perdem a virgindade hoje? Com quatorze, treze, doze? Faz uma conta mental. Se ela começou aos doze e, supondo que ela mantenha sua atividade sexual em dia, agora está com dezesseis, isso quer dizer que sua experiência erótica tem quatro anos. Isso corresponde a vinte e cinco por cento de sua vida. Já ele tem cinquenta anos. Começou tateando desastrosamente aos vinte. Portanto, soma trinta anos, com pequenas interrupções, mas que não se traduziram em prolongados jejuns, são também vinte e cinco por cento de sua vida. Mas, comparadas as idades e o que resta a cada um de vida, ela já largou muito antes e está a quilômetros de distância à sua frente.

O principal objetivo deles ao se instalarem em uma propriedade rural – há dez anos, quando a compraram, o local era realmente remoto, e só se chegava ali com veículos tracionados, sobretudo em períodos de chuva – era ficar ao abrigo de tentações mundanas. Ambos estavam fartos da vida urbana e de suas diversões passageiras. Desejavam um retorno à era primitiva, como se os dois reencarnassem a geração power flower. Empregariam seu tempo em agricultura familiar, apicultura e criações. Uma tranquila e saudável vida campestre. Honesta e sólida. Uma vida a dois. A três, na verdade. Mas Lisa era só uma criança que logo se tomou de amores pela natureza e pelos seres vivos, com a inexplicável exceção das galinhas. O contato com a cidade e seus prazeres fugazes era mínimo. Jofre logo entendeu como os monges e ermitões conseguem viver. Basta afastar os estímulos eróticos de seu campo visual e os impulsos sexuais do homem enfraquecem. É possível até esquecer deles. E, no caso dele, era mais fácil ainda. Ele tinha Míriam e a desejava.

No entanto, nos últimos anos, traiçoeiramente como uma doença silenciosa avançando pelo corpo, ele começou a se ver sob a perigosa área dos instintos do desejo. Os primeiros sinais ameaçadores vieram com o corpo mignon e os olhos inquietos de Vânia. Com toda sorte de subterfúgios, tem conseguido manter-se longe do risco, mas sabe que ela está ali, à espreita, como uma caçadora paciente. Mas agora que as amigas de Lisa resolveram crescer de repente, ele, após uma década de descanso, está desperto de novo. Definitivamente, não quer isso. Mas sabe que não consegue controlar o desejo.

Jofre pensa, enquanto acomoda as asinhas de frango na grelha: a única coisa que as mulheres têm a oferecer aos homens é a esperança de eles as possuírem.

"Meninas, as asinhas estão no ponto. Quem vai querer?" ele pergunta, orgulhoso de seu feito, sorrindo, suado, vermelho, com mãos e braços borrados de cinzas e manchas negras, como se fosse um minerador depois de um dia inteiro cavando num buraco.

Em uma travessa funda, oito ou dez asas tostadas e fumegantes estão empilhadas. Leva-a até Míriam, que diz obrigada, amor, sem tirar os olhos da revista e depois se aproxima das duas meninas que acabaram de sair da água. Ambas estão sentadas na borda da piscina. Pescam com os braços molhados e com a ponta dos dedos as asinhas da travessa. Os olhos de Jofre rapidamente escorregam para os quadris de Val. Há uma poça tingindo o pequeno pedaço de tecido que oculta seu jovem púbis; uma protuberância macia.

"Tá uma delícia, tio", diz Val chupando os ossinhos da asa. Tio. Não há nada mais humilhante e inofensivo que ser chamado de tio. Ainda assim, é melhor ser um tio do que um avô. Daqui a alguns anos, será chamado de vovô pelas meninas da idade de Val. O que pode haver de mais repulsivo e patético do que um velho fauno?

"Que bom que você gostou", o tio responde, quando na realidade o que gostaria de ter dito a ela é: o que você está fazendo aqui? Pelo amor de Deus, vá embora! E a si mesmo pergunta: por que o seu vulcão não está extinto, seu velho desgraçado?

12.

São quatro e meia da tarde, mas o sol abrasador é, na verdade, o das três e meia, por causa do horário de verão. Há mais de trinta minutos está esticado na rede da varanda, mergulhado no Stevenson, tentando, com pequenos êxitos, tirar a amiga da enteada da cabeça.

Ela e Lisa estão deitadas de bruços sobre suas cangas no gramado sombreado ao lado da piscina. Míriam subiu para um cochilo. Os hóspedes do canil estão quietos, sonolentos, amolecidos pelo calor. As asas de frango se transformaram em um ossuário sobre a travessa em cima do balcão de ardósia do caramanchão.

O ar está pesado e qualquer movimento, por mínimo que seja, multiplica o calor. A leitura empaca, ele pestaneja, sente as costas úmidas em contato com a rede de algodão.

Adormece e sonha, ou talvez seja só uma lembrança.

13.

Um menino tenta ultrapassar a sombra de si mesmo refletida na areia. Gosta de ver as pegadas desfazerem-se quando a espuma do mar parece um pincel, um apagador de lousa; incansavelmente a onda quebra e sua franja lambe os sinais que os homens deixam. Ele tem nove anos e o imenso oceano o fascina. Não sabe explicar o motivo. Pode ficar sentado quieto e em silêncio durante todo o dia com os olhos na linha do horizonte. Sabe que atrás daquela linha que toca o céu fica a África cujas praias são banhadas pelo mesmo oceano, o Atlântico. Será que do outro lado, traçando uma linha reta, neste exato instante também não há um menino negro de nove anos sentado e olhando na sua direção?

Corre atrás de sua sombra que está sempre à sua frente. Se se esforçar mais talvez a alcance.

Quando chega à lagoa deixa o corpo tombar na água rasa e tépida. Mergulha e a cor é de um chá ralo, amarelo amarronzado, com bilhões de grãos de areia flutuantes. Sente-se o senhor das águas. Sua pele tem escamas e seus braços e pernas são nadadeiras. Pula como um golfinho. Fica boiando de braços abertos observando o leito de areia onde se deposita uma infinidade de conchas, pedras e sargaços.

De vez em quando, pesca uma pequena concha e a observa, procurando alguma particularidade que a distinga das outras.

Então metade de seu corpo emerge da linha d'água e com a mão direita atira a conchinha alguns metros adiante. Mergulha e utiliza seus braços como remos a tempo de chegar e recapturar a concha antes de ela cair no leito.

Uma doce quietude o envolve apesar de a lagoa estar cheia de banhistas. A maior parte de crianças patinhando e brincando com os pais, os avós, os tios. Sente-se em casa. Muito mais em casa do que na grande casa onde mora com os pais muito longe dali. Naquela casa não é livre. Fica preso no quarto, imaginando o dia no qual seria livre. A quietude que agora o envolve é de uma ordem diferente. É muito leve. Muito livre.

De repente sente uma pele roçar a sua, um deslizar suave sobre as escamas das suas pernas e dorso. Então vê na superfície um rosto sorrindo. Acha que conhece aquele rosto. Um rosto de menina. Talvez fosse a mesma menina vista nas alamedas de pinheiros do conjunto militar de casas de veraneio passeando de bicicleta onde está hospedado com os pais. Ou a viu no galpão do centro recreativo por onde às vezes se aventura no fim da tarde para ficar longe do chalé onde seus pais ficam sentados na varanda lendo jornais e revistas.

Ela está sorrindo para que ele também sorria para ela. Quando sorri de volta ela mergulha e se afasta. Ele mergulha na direção dela, toca seus pés, coça-os e ela emerge quase engasgando de tanto rir. Agora é sua vez de ser perseguido. Embora seja mais rápido do que ela embaixo da água, retarda seu nado para que ela o alcance, mas não se falam. Não sabem o nome um do outro e nem querem saber. Nadam e mais nada. Então, como se uma nuvem toldasse subitamente o sol, ouvem um grito fino se propagando pelo ar abrindo muito as vogais, um pedido de socorro um longo e angustiante paaaaiiiiiiiiii....

14.

Pula da rede como um velocista ao ouvir o tiro de largada. Orienta-se tonto por alguns segundos. A pressão deve ter caído devido ao sono, ao ar sufocante. Está na varanda do sítio, hoje é sábado, asas de frango, churrasqueira, Val e Lisa na piscina. Míriam retirou-se para uma soneca. Que horas são?

"Joooooooo...." a voz da mulher ecoa na sala.

"Paaaiiiiii...." o apelo de Lisa vem da piscina.

Corre para fora, ultrapassa Míriam no caminho até a piscina. Os cães estão latindo. Cruza pela sua mente pegar a carabina no depósito, mas está sem as chaves e mesmo que estivesse não daria tempo. Precisa salvar a filha. Socorrê-la do que quer que a esteja ameaçando.

"O que você fez com ela, seu filho da puta?"

Empurra Zenon que cai sobre a grama.

"O que ele fez com você, minha filha?"

Lisa e Val estão abraçadas, tremendo, escondendo a nudez enroladas numa mesma canga. Acuadas. Duas crianças diante do perigo.

"O que você fez, Zenon?"

A voz que sai do corpo agora sentado no gramado é pastosa, rouca, e zombeteira.

"Vim trazer umas flores pra menina. Você não devia ter me empurrado desse jeito, chefe."

Ele deixa Zenon e corre até as meninas. As duas estão sentadas no banco no caramanchão. Míriam está com elas. Procura controlar sua excitação e com uma voz que é quase um sussurro pergunta à filha:

"Meu amor, o que aconteceu?"

Lisa está em choque. Sua vontade é embalá-la, colocá-la na cama e contar-lhe uma história como costumava fazer quando ela tinha cinco anos e ele sentava-se ao seu lado para fazê-la dormir.

Mas é Val quem fala:

"Tio, ele mostrou o pinto pra nós".

Ela fala como se antes das palavras saírem de sua boca passassem revirando pelo estômago.

"Ele estava mexendo no negócio dele e olhava a gente. É tão nojento. A gente não viu quando ele chegou por trás e ficou lá parado..." disse Lisa.

Já é o bastante, pensa Jofre.

Zenon está de pé, trôpego. Está imundo. A calça brim está suja de poeira, a camisa de botões abertos está rasgada em vários lugares. Está descalço, as unhas dos pés são grandes e grossas como a carapaça de uma barata. Não tem medo, pensa Jofre diante dele, bêbado demais para temer alguma coisa.

"É melhor você ir embora agora".

Com repugnância e ódio percebe que o fecho da braguilha da calça dele ainda está aberta. Deveria capá-lo e dar aos urubus. Uma onda de vingança percorre seu corpo.

"Vá embora!"

Mas Zenon fica parado, cabeceando, voltando o rosto para o chão como se procurasse alguma coisa.

"Vá embora daqui!"

Míriam desaparece dentro da casa abraçada às duas meninas. Jofre dá dois passos em direção a Zenon, que se curva e pega um raminho de raquíticas flores silvestres.

"Era pra menina", diz.

"Saia!"

Zenon cambaleia em direção à porteira pela alameda. Jofre vai atrás. Zenon trepa nas ripas da porteira e cai como um saco cheio do outro lado sobre o cascalho. Leva a mão direita ao cotovelo do braço esquerdo, que ficou ralado com estrias de carne viva com a queda.

"Isso não fica assim, chefe."

"Não sou seu chefe. Não me ameace, seu porco."

Zenon atira o ramo de flores no chão, pisa em cima e depois cospe nele. Só então começa a ir embora.

Então é isso, pensa Jofre, sentando-se junto à porteira. A paz durou dez anos e agora está ameaçada. Mas terá sido paz ou apenas uma trégua? Ressentimento social, puro instinto animal. E enquanto vê Zenon se afastar, pensa: mas você não fez o mesmo, com a diferença de que se refugiou num banheiro?

15.

Não foi apenas uma medida profilática trocar a cidade pelo campo para esterilizar as impurezas dos aglomerados urbanos cada vez mais infestados de seu país: violência crescente, sujeira e mau cheiro nas ruas, os imensos casulos de teórica proteção e segurança dos shopping centers, o quase colapso no trânsito, enfim, o caos de um modelo civilizatório planejado para naufragar, para não dar certo e explodir a qualquer momento.

É claro, o principal motivo foi enterrar os fantasmas do passado, virar a página. Isso é verdade. Mas ambos realmente acreditavam na vida honrada, difícil, mas honrada e honesta, em um ambiente no qual as ações constituíssem um retorno a valores mais simples e ricos de significado. Sem o rumor de música alta, sem o sorriso imbecilizante da propaganda e seu corolário, o consumismo epidêmico.

Pensando nisso, naquela tarde sufocante de sábado, Jofre se dá conta de que ninguém vive sem cercas. Ninguém vive totalmente isolado. Territorialidade. Quando algum intruso mete o focinho além da fronteira então é preciso expulsá-lo. Repugna-lhe a ideia de participar dos códigos primitivos da lei das selvas. No entanto, agora precisa agir para preservar sua prole, mantê-la fora da zona de perigo onde estão os predadores. É simples, de alguma forma. Mas não sabe como começar.

16.

Meia noite. Surpreendentemente uma brisa fresca resolve soprar nas montanhas estremecendo as palmas dos coqueiros e as folhas grandes dos polidendros. A essa hora já estariam dormindo. Provavelmente abraçados e nus, ou com a perna esquerda de Míriam repousando sobre a virilha dele.

Os dois amam o silêncio do mato. Amam o cricrilar dos grilos, o piar de pássaros noturnos, o zumbido dos insetos em torno da luz, o coaxar dos sapos nos períodos de chuva. Acostumaram-se com os latidos dos cães, com os uivos plangentes. Tudo isso os envolve em um sono doce e profundo. Mas até agora, nenhum dos dois está dormindo. Mexem-se na cama. Há no quarto o prenúncio de um diálogo.

Depois de se livrar de Zenon, Jofre caminhou para casa. Não havia ninguém na sala e na cozinha, onde moscas voejavam em torno da lixeira. Sentia a boca seca, a língua grossa, áspera, grudada no palato. Abriu a geladeira e bebeu o resto de água gelada da garrafa. Não sabia se era melhor subir ou esperar que descessem. As meninas e Míriam deviam estar em um dos quartos do andar de cima, provavelmente no de Lisa. Um quarto de paredes pintadas de rosa, um armário embutido branco com uma penteadeira acoplada no centro, uma escrivaninha de metal cromado com tampo de vidro e com um Mini-Mac por cima. Em uma das prateleiras acima da cama havia algumas bonecas e bichos de pelúcia, seu elo com a infância. Em uma das paredes, dois pôsteres colados em compensados de MDF de bandas de rock. Em um deles, uma caveira de riso sarcástico e olhos vermelhos, sua passagem para a vida adulta.

Tirou um vidro de azeitonas do armário e começou a comê-las.

Se estivesse na beira da piscina no momento em que aconteceu, e não dormindo na rede, teria visto, antes delas, e impedido a aproximação de Zenon. Chegou tarde demais, pensou, ajuntando um montinho de caroços sobre a mesa de tampo plástico da cozinha.

Finalmente Míriam apareceu. Olharam-se por alguns segundos sem dizer nada. Ela abriu a geladeira e pegou a garrafa de água vazia. Era um hábito involuntário dele: esvaziar a garrafa e voltar com ela vazia para a geladeira. Míriam sempre o censurava brincando: "esse meu velho gagá. O que a gente faz com ele? Qualquer dia desses é bem capaz de acender o forno e colocar a garrafa pra assar." Naquela tarde não houve piada alguma. Míriam colocou a garrafa vazia sobre a mesa e foi até a talha. Encheu uma caneca de lata esmaltada e, após dar dois ou três goles, sentou-se à frente dele.

"Como elas estão?"

"Estão dormindo, agora." Respondeu a mulher.

Míriam parecia um estivador que não vê a hora de se livrar da pesada carga sobre as costas. Os dedos dela deslizavam em torno da caneca como se estivessem em uma noite fria e ela esquentasse as mãos. Ergueu os olhos para ele e disse: "nós conseguimos fazê-la dormir. Ela está descansando agora."

Nós significava sua mulher e Val ou Lisa e Míriam? Não perguntou. Apenas disse: "pelo menos isso."

Míriam recolheu os braços e os cruzou sobre os seios. Sua cabeça estava levemente tombada para a direita.

"Ela só se acalmou depois de me fazer prometer que não falaríamos nada a respeito do que realmente aconteceu para o pai."

Então nós eram sua mulher e sua filha e ela era Val. Ele pensou em dizer alguma coisa, não sabia exatamente o que, mas Míriam ainda não tinha terminado: "ela quer ir embora hoje. Por ela já teria ido. Pediu que ligássemos para o seu pai e disséssemos que ela não estava se sentindo bem. Eu disse que tudo bem e só pedi que descansasse um pouco. Falei que podíamos levá-la, mas ela insistiu que queria o pai."

Míriam terminou de falar e ficou olhando bem nos olhos dele e ele pensou que o que ela queria dizer, mas não dizia, era "então, vocês machos estragam a porra toda e agora cabe a vocês consertarem. Colocar o pau para fora e se masturbar na frente de duas meninas é um assunto de vocês. Você pode dizer que isso acontece todos os dias em todos os lugares. Ou você nunca riu ao lhe contarem a história de uma mulher no ônibus que teve de mudar de lugar porque o homem a seu lado começou a mexer no seu pau nojento? Mas não é bem assim, meu caro, isso é só o início do terror, porque o sexo pode ser terrível. E vocês ignoram o quanto ele pode ser terrível. Ora, meu querido, e você não sabe que eu sei que você desejou a amiga de Lisa assim que botou os olhos nela? E você, se pudesse, faria como aquele outro desgraçado e sacudiria seu pau na frente dela até esporrar. Mas você é civilizado e correu para o banheiro e se aliviou discretamente lá dentro.

Mas isso é só uma questão de modos. Por trás dos modos o monstro dentro de vocês é o mesmo."

Ficou surpreso com a filha. Lisa comportou-se com equilíbrio emocional maduro. Até então, presumia, Val era a aprendiz de leoa enquanto a filha não passava de um gatinho assustado. Cinquenta anos e o que foi que você aprendeu sobre elas? As mulheres?

Míriam acende a lâmpada do abajur. Uma luz amarela espalha-se pelo quarto. O rosto da mulher para o qual ele se volta é o perfil de uma sombra. O rosto dela começa a se crispar como a superfície de gelo de um lago agitando os peixes. Ela se levanta. Veste uma malha grande que mal lhe cobre os quadris, no centro dos quais se vê uma calcinha de algodão nada sedutora. É uma mulher bonita. Mesmo tendo deixado para trás o apogeu da beleza continua sendo uma mulher desejável. Mesmo que os homens já não se virem para olhá-la na rua, seu corpo é firme e atraente. Ele não tem do que reclamar, pensa. Mas logo percebe que ela está contendo o choro.

"O que está acontecendo?"

"Eu...", ela começa empurrando as sílabas para que elas se transformem em palavras e depois em frases... "estou tendo um caso com Vânia."

A veterinária que evita por imaginar que sentia atração por ele. A mulher jovem cuja vida emocional era um labirinto dentro do qual ela procurava em Míriam a guia para encontrar a saída. A frágil veterinária que não cansava de repetir serem eles dois "um casal substancial", que os invejava, que lamentava os homens terem se perdido e andassem confusos, desinteressados de qualquer compromisso sério, que reclamava que as mulheres leiloavam seus corpos numa competição selvagem e sem o mínimo de respeito, que sonhava ter uma família como a deles, que admitia que não devemos colocar nosso trabalho à frente dos sentimentos. Vânia.

Míriam está curvada, sentada no chão, abraçada às suas pernas, com a cabeça enterrada na altura dos joelhos, gemendo baixinho. Ele não compreende por que ao contrário de raiva sente ternura. Levanta-se da cama e ajoelha na frente da mulher. Ela o olha espantada. Não entende por que ele está sorrindo. Não entende por que ele simplesmente não cospe nela. Por que não bate nela. Ela estenderia sua face para que ele a estapeasse. Mas ele não faz nada disso. Recolhe a cabeça dela em seus braços e a coloca junto ao peito. Não quer que ela diga nada. Também não quer dizer nada. Finalmente se levanta, abre a porta do quarto e a fecha atrás de si.

17.

Deve ser mais de uma hora. O céu está coberto de estrelas. Não há lua e o firmamento parece um grande manto negro de joias azuis cintilantes. O ar está fresco. A noite é silenciosa. Deixou a casa, tomando cuidado para não bater a porta da sala, levou uma rede, a mesma em que se deitara e sonhara na varanda, e a estendeu em dois ganchos na frente dos chalés dos cães. Alguns deles se agitaram com sua inusitada presença àquela hora.

Por algum motivo, simpatizou-se com o labrador Ted. Sentado na rede, fala com ele: "E aí, seu cão fedido. Você também se sente abandonado? Como você reage a isso, me diga? Você não parece se importar muito, não é? Por que outro motivo você estaria abanando seu rabo? Não é o que dizem: sacudir a cauda é uma manifestação de incontida alegria canina?"

Ted olha para ele, virando um pouco a cabeça.

"Por que você não chora, seu safado? Ah, você está excitado com sua vizinha? Você pode sentir o cheiro dela? Não me diga."

Olha para Tamina no chalé ao lado. A cadela husky está deitada, parece entediada, só levanta os olhos azuis para ele.

"Ela não quer nada com você, meu camarada. Sinto muito."

18.

Seu corpo está dolorido. Já não é jovem para dormir numa rede e acordar sem dor. Os hóspedes estão latindo. Hoje é domingo?, se pergunta. Míriam ainda estará dormindo? Nunca mais irão dormir juntos? Ela deixará o sítio? Lisa irá com ela? O que vai ser dele sem Lisa? O que será de você sem Míriam? Todo ele é um ponto de interrogação.

Devem ter se passado umas duas horas pelo menos, desde que ele alimentou os animais, lavou os chalés e agora esfrega com uma escova o pelo de Lorde, o golden retriever.

O sol já brilha ardente. Mais um dia de calor sufocante e de algum jeito, para ele, um dia morto. Provavelmente, ele pensa, Lisa e a amiga não sairão do quarto hoje. Planeja, assim que acabar no canil, preparar um café da manhã para elas. Waffles com geleia, chocolate batido com gelo, uma fatia de melão, iogurte desnatado com mel, ovos mexidos, fatias de queijo e presunto e um suco de laranja. Levará tudo isso em uma bandeja até o quarto da filha. Depois que ela estiver satisfeita, e a amiga for embora, ele sorrirá para ela. Seu pai, seu protetor, irá lhe contar então que ocorrerão algumas mudanças. Ela perguntará quais mudanças e ele responderá que ele e sua mãe irão se separar. Casais se separam a cada minuto.

Os pais de Val não se separaram? Foi alguma tragédia? Separar? Por quê? perguntará Lisa. Sua mãe gosta de outra pessoa. Quem? Gosta da Vânia. Está tendo um caso com ela. Com a veterinária? Como assim? Pois é, você dirá, como assim? A minha mãe é lésbica? Será que ela perguntaria isso com ódio, repugnância? Será que se fosse por um homem que Míriam estivesse apaixonada seria diferente? Você mais uma vez não sabe nada.

Fixa a imagem do corpo de Míriam na mente e essa imagem aparece levemente distorcida, como se no instante de apertar o botão a mão do fotógrafo tivesse imperceptivelmente tremido. Na fotografia, vê sua mulher deitada de bruços, com a perna esquerda flexionada, os braços abandonados sobre a cama, os lençóis desarrumados. Ela está nua, indefesa e ele deseja desesperadamente possuí-la. Mas como poderá fazê-lo se ao perscrutar seu rosto tudo que enxerga está desfocado? Porque não quer apenas esfregar sua excitação nela e saciar sua sede. Quer que esse prazer emane dela também. Mas sem olhar dentro de seus olhos, sem encarar seu rosto com nitidez, não saberá se ela se transportará para longe ao lado dele.

Nos últimos meses, a frequência de suas brincadeiras eróticas havia diminuído e o sexo se desenrolava brevemente. Para se excitar, Míriam abria as pernas, fechava os olhos e se masturbava diante dele. Essa cena, de uma mulher perseguindo solitariamente o orgasmo, deixava-o sempre excitado. Em que ela estaria pensando? Quem a estaria penetrando na ponta de seus dedos? Havia um momento em que ele entrava em cena afastando as mãos dela e enfiando seu pau duro entre as pétalas inchadas de sua boceta. Ela não o impedia, mas, pensando agora, sua fantasia já não era preenchida por um corpo masculino. É revelador que, tão logo ele montava nela, ela pedisse para ele gozar. Era para se livrar de seu corpo que deixou de ser a fonte que alimentava seu desejo. Com Vânia, ele pensa, ela não pediria urgência. Ao contrário, com sua amante ela quer prolongar o coito por tempo indeterminado. Com ele, abria suas pernas e escondia seu rosto por pura compaixão. Acontece, você sabe, que não há espaço para a compaixão nos domínios do desejo erótico...

"Então eles te batizaram de Lord. Você é um lorde, um senhor, um soberano a quem todos os súditos machos guardam um respeitoso temor e uma sufocante inveja. Por quem todas as súditas nutrem uma venerável fascinação e um voluptuoso desejo de tocar sua grande e régia lança. Basta apenas vossa alteza olhar para uma delas para que se ponha em fila. Vossa alteza é um autêntico xeique com um harém repleto de jovens fêmeas. Um genuíno senhor da guerra. Seu sêmen fertiliza belas cadelas e seus filhos se espalham pelo reino prontos para servi-lo."

O golden retriever quer lamber suas faces, talvez em agradecimento à tanta cortesia e reverência. Jofre escova o pelo do animal.

"Mas vossa alteza logo vai envelhecer e então começará um banho de sangue para sucedê-lo. Intrigas da corte, meu nobre amigo. Vossa alteza se dará conta de que as fêmeas do seu harém são perniciosas e nutrem um desejo insaciável de destruí-lo. Não, elas não se unirão contra vossa alteza. Não é da natureza delas unirem-se. Elas apenas fingem. No fundo, elas se odeiam. Elas não odeiam as plebeias porque essas não ameaçam seus domínios. Elas odeiam as mais belas. Elas não suportam a beleza das outras. Por isso irão se massacrar. Vossa alteza será traído, ainda que puna com a morte as traidoras. Outras ocuparão seus lugares até vossa alteza se despedir deste mundo. Eu confesso que o invejo pela sua máscula juventude e o poder que dela emana. Mas me apiedo por seu destino, sua ruína. Aproveite vossos dias de glória e não ligue para o que eu falo. Sou o bobo da vossa corte. Só existo para diverti-lo e tomar pancadas durante seus momentos de mau humor."

Fecha o gradil, curva-se teatralmente diante do chalé de Lord e ouve Míriam perguntar atrás dele: "A gente pode conversar?"

19.

Como ontem à noite, quando o segredo dela foi revelado e ele só conseguia enxergar uma sombra, agora também, seu rosto está na contraluz. Nunca mais, pensa, contemplará com nitidez aquele rosto: o sulco delicado entre a base do nariz e o lábio superior, nem o sorriso cheio de ternura infantil quando ele diz alguma coisa idiota. Só uma sombra que escurece todo o resto.

"Temos mesmo que fazer isso?", ele pergunta. Há na pergunta um calculado duplo sentido que lhe passa despercebido: temos mesmo que conversar? Temos mesmo que terminar?

"Venha comigo", ela diz estendendo-lhe a mão.

Ele não lhe dá a mão e os dois caminham até a mesa de tampo de ardósia com dois banquinhos sob a sombra de uma grande mangueira.

Que estranho, Jofre pensa olhando para Míriam, somos como dois desconhecidos agora.

"Quanto tempo?"

"O quê?" Míriam parece perdida, longe, sem saber muito bem o que está fazendo ali.

"Quanto tempo faz que você e ela estão tendo um caso?"

"Isso importa, Jô?" Sente no tom de voz dela compaixão e isso detona uma explosão de raiva dentro dele.

"Há quanto tempo a Kali voltou a se apossar de você e você esfrega sua boceta na boceta daquela vagabunda que dizia invejar a gente, o casal substancial? Posso ver vocês duas rindo depois que eu vou embora. O perfeito idiota. Tão idiota que sempre deixava vocês duas sozinhas e fazia isso porque achava que aquela piranha olhava de um jeito provocador para mim. Como podia imaginar que aquela vaca queria era a minha mulher e não eu? A minha mulherzinha doce e fiel indo para a cama com sua amiguinha, a veterinária vagabunda. Mas, pensando bem, não é difícil imaginar o motivo."

"Que motivo, Jofre?" ela pergunta chorando.

"Você cansou das centenas, das milhares de picas que te foderam durante a vida, não é? Isso não vive acontecendo entre suas colegas? Vocês se enojam dos nossos paus. Ah, Míriam, minha putinha, Kali, a deusa, a garota de programa... Uma vez puta, sempre puta."

"Talvez você tenha razão..."

"Não diga que eu tenho razão".

Seu rosto está vermelho, seus olhos brilham de cólera.

"Mas eu te amo, Jofre. Aprendi a amar você."

"Não minta, sua puta. Você se apaixonou por Vânia. É ela que você ama, nesse momento."

"Não. Eu não me apaixonei por ela."

No momento, não tem mais forças para gritar com ela. A boca está semiaberta, olha para os lados, não acredita nela, não acredita que aquilo está acontecendo. Ela volta a falar.

"No início, há seis meses, você tinha saído para passar quase o dia todo fora. Ela veio de manhã e, depois de examinar os cães, nos sentamos na varanda. Ela estava tremendo e eu perguntei o que estava acontecendo. Ela respondeu que estava apaixonada por mim. Fiquei perplexa. Sem fala. Ela sentou-se ao meu lado e nos abraçamos. Então ela procurou meus lábios, e me beijou. Nos beijamos. Houve alguma coisa física. Algum mistério físico. Não sei explicar."

"Vocês não se cansam de dizer isso o tempo todo? Dessa merda de mistério feminino?"

Parece-lhe que todas as mulheres que passaram por sua vida falam por Míriam. Míriam, a porta-voz dos recessos femininos. Está cansado disso. Parece que ouve a mesma coisa desde que nasceu. Lembra-se da mãe. Ela também guardava seus segredos e só os revelava às flores. E ele? Ele também não tem segredos?

"Não houve nada além disso naquele dia. Eu estava aturdida demais. Ela foi embora. Então eu pensei em ligar pra ela e cancelar nosso contrato. Iria dar uma desculpa e dizer que ela não podia mais nos atender. Naquele momento eu queria você, Jofre. Queria me jogar nos seus braços para que você me protegesse."

"Quando você se masturbava na minha frente, você estava pensando nela?"

Por que você fez essa pergunta, seu idiota?

"Naquele mesmo dia, à noite, eu me entreguei para você desesperada. Como se eu dependesse de você para me libertar daquele beijo."

Não. Ele não percebeu nada. Não se lembra nem mesmo daquele dia. Tem o impulso de dizer sinto muito, mas é ela quem continua falando.

"No dia seguinte, quando você saiu para devolver um cachorro, eu liguei para ela e pedi que nunca mais aparecesse. Mas acho que ela percebeu que eu estava mentindo.

E eu estava mesmo. Queria vê-la de novo. Estava excitada e curiosa. Ela disse que estava tudo bem... não me veria mais. E desligou."

O choro dela não o comove nem um pouco. Está se lixando para o choro dela. Já basta a sua própria dor.

"Na manhã seguinte, logo depois que você saiu, ela apareceu. Foi aí que começou...."

"Você se apaixonou. Se entregou a ela e escondeu isso de mim. Simples assim: Jofre, o coadjuvante."

"Não. Eu achei que estivesse apaixonada. Achei e continuamos a nos ver. Mas foi físico, só físico."

Sim. Só físico. Ele entende isso muito bem. E seus pensamentos se voltam para Val, com seu short jeans apertado de bainha cortada, seu corpo jovem cheio de energia, Val chegando à primavera com seus estonteantes perfumes. Se ela, aquela menina com uma pedrinha brilhante no nariz, lhe desse uma chance, se lhe fizesse um sinal, você resistiria? Com certeza, não.

"E agora?", ele pergunta.

"Eu liguei para Vânia hoje. Terminamos. Disse a ela que contei a você sobre nós."

"Não precisa mentir mais. Que diferença faz agora?"

"Não estou mentindo. E não estou pedindo que você me perdoe. Não tenho esse direito. Infelizmente, não tenho."

Ela soa sincera, mas está de fato sendo sincera? A vida seria muito mais simples se não houvesse perguntas.

20.

Ele se levanta e deixa Míriam, mãos postas no rosto como uma pecadora arrependida numa vulgar gravura cristã, e caminha em direção a uma capoeira. Antes de entrar na densidade da mata, livra-se da camiseta e das botas de borracha.

É uma grande área preservada mantida ali por eles. Cheia de vidas microscópicas. Vai abrindo caminho com os braços entre cipós, raízes e plantas parasitárias. Sabe que em algum lugar ali há um banco de ferro. Quando adquiriram a propriedade ele o viu. Os dois se encantaram logo de cara com a paisagem. A terra prometida, como ele pensava até ontem à noite.

Acha o banco cheio de folhas e teias de aranha. Senta-se nele. O que você fará daqui para frente? Você não pode ficar aqui eternamente misturando-se às raízes, embora você esteja pensando nisso. Você vai virar o quê? O guardião da floresta? O eremita sem desejo? Você não escapa da sua trama sentimental simplesmente se recolhendo no fundo da floresta e se isolando da humanidade. Além disso, a natureza não liga a mínima para você. Já é tarde, meu caro. Você terá de sair daí daqui a pouco. Há sempre alguém à nossa espera. Quem?, ele se pergunta. Lisa. Lisa está à sua espera e também há os cães. Lisa e os cães. Sem Míriam. É isso o que tem.

Quando aparece na borda da mata está ensopado de suor. As canelas cheias de carrapicho e as costas de pontos vermelhos de picadas de insetos. Caminha até a casa e vê Míriam sentada na varanda tricotando. Ela para quando o vê. Por alguns segundos seus olhares se cruzam e ficam se observando como dois estranhos que nunca se viram e um campo de tensão se forma entre eles. Ele não tem a mínima vontade de falar com ela e espera que ela não o force a isso. A partir de hoje só tratará com ela o indispensável.

Passa pela sala e entra na cozinha. Míriam não sai do lugar e não diz nada.

Não consegue desfazer em sua mente a imagem de Míriam e Vânia fazendo amor. Será que transavam na cama deles? Claro. Se ele fosse um cachorro teria farejado os cantos da casa atrás do rastro deixado por elas. Ele pensa em um quadro de Courbet, *O Sono*, em que duas mulheres nuas estão deitadas, dormindo, uma sobre a outra. O que mais o impressiona na pintura é a indiferença que transpira delas para quem as vê. Estão abandonadas no próprio prazer, ou melhor, no desfalecimento que se segue ao gozo. O orgasmo de Míriam seria de outra ordem quando trepava com Vânia? É de supor que as mulheres conhecem melhor os caminhos que lhes dão prazer quando estão entre elas do que quando estão com os homens. Será? Leu em algum lugar, talvez em um romance, que o corpo feminino possui uma memória geográfica de áreas erógenas. Quando faz, ou fazia – agora o verbo tem que ser empregado no passado toda vez que se referir a Míriam –, sexo oral na mulher o quadril dela se movimentava para que sua língua tocasse o ponto certo. Quantas milhares de vezes ele fez isso e sempre os quadris se mexiam como se ele fosse incapaz de memorizar o mapa do prazer? Vânia com certeza conhecia aquela geografia melhor do que ele, melhor do que qualquer homem, até do que o estrangeiro, Erik, a única paixão verdadeira da vida de Míriam. Erik, o pai de Lisa. O homem que fecundou Lisa em Míriam e sumiu. Mas isso ele conseguira superar. Era, inclusive, uma de suas silenciosas armas. Já ele poderia estar casado até hoje com a primeira mulher, ou com a segunda, ou até mesmo com a terceira. No entanto, está com a quarta, com quem ele finalmente achou que poderia dividir o mesmo território sem conflitos e batalhas domésticas, e fracassou de novo. Sua grande vocação? O fracasso.

Por que ele e Míriam não tiveram filhos? Porque ele não quis e já existia Lisa, uma garotinha inteligente e perspicaz que o adorava. Adorava brincar com ele e o achava engraçado, um palhaço. Míriam voltou a falar em ter filhos quando Lisa fez dez anos. De novo ele tentou convencê-la de que não seria um bom negócio. Seus argumentos, os dois sabiam, eram frágeis e genéricos: o trabalho exaustivo com os bebês, noites seguidas sem dormir direito, visitas constantes ao pediatra, corridas noturnas ao pronto-socorro, os custos de uma boa escola, a explosão demográfica e a incerteza do futuro daquele país grande, violento, desigual e vulgar. Não que ele não gostasse de crianças, embora pouca coisa o irrite mais do que o choro delas, a supremacia infantil que se instalou no mundo, a tirania sobre os adultos, a infantocracia que se apoderou da cultura alimentando o apetite insaciável do mercado. Mas havia um motivo mais profundo e jamais revelado. Jofre temia vê-la grávida. Mulheres com filhos crescendo na barriga causam-lhe profunda aversão. Duvida que voltasse a desejar Míriam depois que visse ela parindo. Mulheres urrando de dor durante o parto enquanto expelem o feto pelo canal vaginal cheio de sangue e líquidos placentários. Não vê beleza alguma nisso. Ele nunca conseguia assistir a uma cena de parto na televisão com narrações em off emocionadas saudando o milagre da vida, ou ainda mães dando depoimentos de que foi o melhor momento de suas vidas. Ele não acredita nesses depoimentos. Sua primeira mulher queria ter filhos. Uma vez eles dois foram visitar uma amiga dela que acabara de ser mãe. Jofre não quis carregar aquele ratinho minúsculo enrolado no pano. O marido da amiga havia filmado o parto e colocou a fita no videocassete da sala para compartilhar o espetáculo do nascimento do filho. Jofre passou a maior parte do longa-metragem desviando o olhar da tela. Quase vomitou. Terminou o casamento sem filhos. Terminou o segundo do mesmo modo. E o terceiro também. Todas as suas três ex-mulheres casaram-se de novo e tiveram filhos, até mesmo a terceira que jurava com veemência que a simples ideia de engravidar a congelava de medo. Todas elas têm um filho, um único filho. Um mundo habitado por filhos únicos. Todos mimados e ditatoriais. Com a quarta mulher, que acreditava ser a definitiva, também ganhou uma filha, uma filha única, que já veio pronta, sem os estorvos da gravidez.

21.

Logo depois que o pai de Val veio buscá-la. Jofre bate na porta do quarto de Lisa e pensa: eu gosto dela desde criança, mas a amo cada vez mais à medida que ela cresce.

Ela sorri e tira os fones. Ele entra no quarto.

"Posso me sentar?"

"Hum hum."

Senta-se na extremidade, e sem ter o que dizer, pergunta se a amiga já foi embora, mesmo sabendo que a filha sabe que ele viu a menina sair com o pai.

"Sim. Já foi. Já está até em casa. Acabei de falar com ela."

"Ligou pra ela?"

"Pelo face."

"Ah, é claro."

Ela estica o braço e pega o copo de achocolatado. Dá um gole e o coloca de volta à bandeja.

"Ela disse que você está interessado nela."

Não há, ele nota, qualquer indignação no jeito como ela acaba de comunicar-lhe a denúncia. Não há, na verdade, indício de coisa alguma. Só o pânico, e o gelo nas veias.

"Que absurdo, Lisa", consegue balbuciar.

"Por quê?"

"Porque é absurdo. Ela é uma menina. Podia ser também minha filha." O tom é de indignação exagerada. Mas podia também ser sua amante. Que amante, ela seria.

"Ah, pai. Tô zoando."

Comunicação. Extática. Ironias fora de hora. O ruído entre pais e filhos. Jovens e velhos. Leu no Google que ele e Míriam são da geração X; Míriam no final de X, quase Y; sua ex-mulher no auge da Y; Lisa e Val são da geração Z. Antes dele, as gerações foram denominadas com nomes: Baby Boom, Geração Silenciosa, Geração Grandiosa e Geração Perdida. Depois da sétima geração, leu em algum lugar, talvez em uma revista científica, tudo se torna lenda. E depois da Z, a última letra do alfabeto, como será denominada a geração dos filhos de Lisa e de Val? Ou será que Z significa o pico da evolução da espécie humana, o Everest de Darwin, o ser humano perfeito que finalmente interromperá a perpetuação da espécie?

"A Val acha que todos os homens, menos os gays é claro, olham para ela e a desejam."

"Ela é bonita mesmo. Vocês são bonitas e, se há respeito, acho que deve ser bom se sentir admirada, não é?"

22.

Ao cruzar novamente a sala como uma sombra, Míriam continua sentada com as grandes agulhas nas mãos. Invisível, ele chega à área dos chalés. Verifica os vasilhames de ração e água, afaga os cães.

Está diante do chalé de Ted.

"Você consegue ver os galhos da minha testa, como um arco, um halo dos santos? Pois é, seu cachorro esperto, são dois belos chifres femininos cravados bem aqui."

Abre a grade e coloca a guia em Ted.

"Vamos dar uma volta. Vamos visitar outro corno. O que você acha?"

23.

Jofre não está com a menor disposição de enfrentar Zenon. Não é um homem feito para grandes embates. Nem mesmo pequenos embates, pensa enquanto caminha rumo à porteira com Ted marchando a seu lado com a língua para fora.

O tsunami das últimas vinte e quatro horas parece ter destruído todos os seus alicerces e Jofre tem a sensação de ter perdido o interesse por si mesmo. Se está a caminho do tugúrio de seu vizinho masturbador é apenas por causa de Lisa. De sua filha, que ele começou a amar quando um terço da vida dela já havia se passado. Ela é a única certeza de amor que ele tem.

Caminha no acostamento da estrada de terra e cascalho. São cerca de quinhentos metros entre seu sítio e a casa de Zenon. Quanto mais se aproxima mais ouve música, gargalhadas e um zumbido de vozes. É domingo, lembra-se. O dia em que as pessoas se reúnem para se divertir. Assam quilos de carne, enxugam várias caixas de cerveja, ficam bêbadas, dançam, beijam-se, cantam e brigam.

"Qual é o problema de eles se divertirem?" pergunta para o cão.

"O país está uma merda, com milhões de pessoas sem emprego, os serviços públicos entraram em colapso, e todo mundo continua se divertindo como se nada estivesse acontecendo. Você também se diverte, não é, seu safado? Sua dona está se divertindo em Paris. Qual é o problema? Você não concorda comigo que vivemos no melhor país do mundo? Eu sabia que você concordava."

Jofre Monteiro, admita, aposente sua hipocrisia e seu discurso cínico. O que você é afinal? Seus pais ausentes e agora mortos lhe deram tudo. Financiaram suas veleidades intelectuais sem exigir nada em troca. É verdade que seu pai queria vê-lo à frente do escritório de advocacia. Mas o velho sabia que você seria incapaz e se conformou. Além disso, você era contra tudo que dissesse respeito a ele. No entanto, ele deixou para você uma bela herança e você nunca precisou nem precisará trabalhar. Você foi moldado com o barro mole de sua mãe. Veja só como você se parece com ela. Se ela falava com as flores, você fala com os animais. É tão apático quanto ela. Não deixa de ser curioso o fato de que por mais que agimos diferente acabamos parecidos com nossos pais. Ele espera que Lisa não fique igual a ele. Que tampouco fique parecida com a mãe. Mas provavelmente não estará mais aqui para saber. Já terá se juntado ao reino dos mortos, ao pai e à mãe.

24.

A menos de cem metros da entrada na cerca do pequeno sítio de Zenon, Jofre estranha o vira-lata Preto não ter aparecido. Nem Ted parece tê-lo farejado. De onde está, é possível ouvir a música, uma massa sonora repetitiva, um funk, provavelmente. Vai ter de encarar Zenon já bêbado, fazendo churrasco com sua turma. O cheiro de carne queimando atiça Ted que força a guia.

"Calma, meu amigo. Isso não é da sua conta."

Agora já é tarde demais.

Um grupo de homens, mulheres e crianças, quase todos em trajes de banho, está amontoado perto da churrasqueira e da carcaça do Fusca. Ao lado, está estacionado um Gol prata, de onde, a partir de duas caixas semelhantes a duas imensas panelas de paella, parte o barulho infernal.

Reconhece alguns rostos. Dá dois passos avançando no território inimigo. A gritaria subitamente para e todos, menos as crianças, estão olhando para o intruso e o cão.

"O que foi, gente? É o chefe. Fala, chefe!"

A voz pastosa e cheia de ironia desperta uma súbita raiva nele. Ted late. Que vínculo estranho se estabeleceu entre eles. Mal acabou de conhecer esse labrador e uma aliança de cumplicidade e camaradagem os torna íntimos. Coloca a mão sobre a cabeça do animal querendo transmitir a ele calma.

Zenon se aproxima enlaçando pela cintura uma mulher de biquíni com estampa de flores. Ambos estão com um copo de cerveja na mão. Estão sorrindo. Um sorriso de escárnio. Jofre não devolve o sorriso.

"E aí, chefe. Passeando?"

Zenon já bebeu, mas não o bastante e ele não sabe se isso é uma vantagem ou não. Seu corpo inteiro é percorrido por um tremor de violência e ira.

"Quero falar com você, Zenon."

"Fala, chefe."

Olha para a mulher. A cabeça dela movimenta-se como um pêndulo. Está embriagada.

"Quero falar a sós com você. Só você e eu."

Comprime a mão na guia de Ted.

"Ah, chefe. A mina aqui é um túmulo, pode falar."

O pêndulo balança com um sorriso idiota na face.

"Quero que você se desculpe com minha filha."

Se Zenon pular em cima dele, há uma chance de ele sobreviver. É mais velho, mas sente-se sólido. Uma rocha esculpida em ódio.

Ted rosna.

"Porra, esse cachorro é o fino, hein, chefe?!"

Se ele der uma ordem, ou apenas soltar a guia, tem certeza de que o cão vai derrubar Zenon e arrancar seu fígado.

"Não apareça nunca mais lá em casa, ouviu? Nunca mais quero vê-lo por lá, entendeu?"

"Você está me ameaçando, chefe?"

"Você ouviu. Não apareça."

Jofre vai embora. Caminha sem olhar para trás.

Após correr os quinhentos metros de volta para casa, como um maratonista, tendo livrado Ted da guia, numa corrida furiosa, não como uma fuga diante de uma ameaça iminente, mas um mergulho vertiginoso para fora de si, ele não pensa em nada.

Os dois estão exaustos, deitados lado a lado sobre a grama, perto da porteira, ouvindo o sangue bombear dentro deles. Vai ficar deitado até o sol se esconder atrás da montanha. Ele não está com pressa alguma.

25.

A tarde começa a cair. Ted não precisa mais de uma guia. Para onde ele for, o labrador o seguirá. Só diante do chalé é que o animal comprime-se todo, resistindo a entrar.

"Ora, vamos. Vossa alteza precisa descansar. Tivemos um dia cheio. Vou trocar sua água e lhe dar um bom pedaço de carne crua. Aposto que vossa alteza jamais provou carne na vida. Estou errado? Não conte nada para sua patroa."

Depois de trancar o gradil e voltar-se para casa, ouve Ted uivar. A vontade dele é uivar de volta. Vai direto para o chuveiro. Ao sair do banho, veste uma camiseta e uma bermuda. Na cozinha, come uma banana, duas fatias de queijo, um iogurte e uma maçã. Não se deu conta até aqui que não havia comido nada desde ontem.

Míriam está na varanda. Parece não ter movido um músculo durante todo o dia. Só as mãos com as agulhas. Ele ferve água, prepara duas xícaras de chá e caminha até ela. Entrega a xícara e senta-se na cadeira de vime em frente. Lembra-se de repente de um conto de Cortázar no qual a personagem, Irene, é descrita como uma mulher nascida para não incomodar ninguém e que passava os dias fazendo tricô no sofá.

"Você vai tricotar para sempre?"

Por que não consegue sentir ódio de Míriam? Será que queimou toda sua cota de ódio hoje à tarde com Zenon? Será que amanhã o ódio vai voltar e queimá-lo de novo?

Ela sorri. Parece encabulada ou vai ver é só impressão sua. Ela diz:

"Para sempre? Talvez. Você devia tricotar também. Há muitos homens que bordam ou tricotam. Em outros países, claro."

Seria bom, ele pensa. Mas, por maior que seja seu esforço de imaginação, não consegue ver-se com duas agulhas na mão.

"Tudo isso é horrível", ela diz.

A que ela está se referindo? A ele? A ela? Ao affaire erótico delas? Não faz ideia. Só constata o quanto está cansado, exausto, de tantas perguntas.

Ela move a cabeça de cima para baixo lentamente e leva a xícara de chá à boca.

"É o pior dia da minha vida.", ela diz.

Foi uma constatação, ele pensa. Não está pedindo perdão nem compaixão. Está somente assinalando uma certeza.

"Como aquele seu perfume de groselha era enjoativo."

"Não era enjoativo. Era um Issey Miyake legítimo. O que você sabe sobre perfumes?"

"Só sei que era enjoativo."

"Não era, porque eu o usei depois e você não reclamou. Ou melhor, você até elogiou meu perfume e era o mesmo daquele primeiro dia."

Ele pensa: se há um primeiro dia, há também um último. Será que hoje é o último dia deles? Fecha os olhos. Não era mesmo nada enjoativo. Era um odor poderoso, que lhe dilatava as narinas e envolvia seu corpo. Um manjar. Um bálsamo. Um milagre.

"Não chore", ela pede.

Mas os dois choram, franzindo os rostos, baixinho, uma tristeza gemida, sem raiva, sem efusões. Lágrimas para um réquiem.

"Por que, na sua opinião, Lisa sempre teve medo de galinhas?"

Deslizar do luto para a filha é celebrar a vida.

"Não sei. Talvez achemos que os filhos não temerão coisa alguma porque têm a certeza da proteção dos pais. Mas isso nem sempre acontece. Medo não é uma sensação de estar só, ao acaso, ameaçado, abandonado à própria sorte?"

"Quando você era menina, qual era seu maior medo?"

Ela fica por alguns segundos em silêncio, talvez visitando a infância, esquecida em algum canto.

"Você viu o relâmpago?" ela pergunta.

Ele se volta e olha o horizonte onde montanhas escuras como elefantes deitados são iluminadas por uma sequência de flashes azuis.

"Finalmente vamos ter chuva", ele diz.

"Tinha medo de que minha mãe fosse embora."

"Por quê?"

"Porque ela não amava meu pai. Mas eu o amava. O amava mais do que a ela. E ele não era meu pai biológico. Eu já te disse isso."

"Você e Lisa, ambas criadas e amadas por pais postiços."

"Amadas por eles."

"Mas Lisa ama você também."

"Talvez ela me ame sim. Mas as filhas amam mais o pai."

"Isso é um lugar-comum."

"Pode ser. Mas não no meu caso. E não no caso da Lisa."

"Por que você pensa assim?"

"Foi você quem proporcionou uma vida bela a ela", diz Míriam e ele nota sua cabeça mover-se de novo desta vez da direita para a esquerda e em seguida da esquerda para a direita como um periscópio observando por cima da linha d'água.

"Eu a amo. Eu nunca achei que pudesse amar alguém como eu amo Lisa."

"Eu sei", ela diz e ele presume poder ler nos olhos dele que não há sequer uma pequena sobra daquele amor para ela. Será que não? Ele se pergunta e é mais uma pergunta colocada no alto da pilha de dúvidas que ameaça desabar e esmagá-lo a qualquer instante.

"E seu pai? Por que você o amava tanto?"

Se ele tinha sua pilha, por que ela não teria uma?

"Pelo sacrifício. Minha mãe estava grávida de outro homem quando o conheceu. Mesmo assim ele a aceitou porque a amava."

Cristo, ele pensa. Se Cristo não tivesse sido crucificado ninguém o amaria do mesmo jeito. Cristo também teve um pai postiço, mas não um rival. Quem se atreveria a rivalizar com Deus?

"E você nunca quis saber quem engravidou sua mãe?"

"Quando ela me falou, eu tinha uns quinze anos, e fiquei com ódio dela e ódio também daquele homem que me plantou dentro dela. Não quis saber quem era e nem o nome dele. Só sei que era um homem rico. Depois, uns dois anos depois, saí de casa."

"Para se vingar de sua mãe?"

"Talvez no início. Passei a odiar os homens. Meu pai não contava. Ele vivia à sombra da minha mãe, rastejando. Ela parece ter se beneficiado desse homem rico."

"Mas então você se apaixonou."

Era um tema doloroso, mas ele agora parece imune à dor. Está ligado ao passado, à vida, como um sonâmbulo está ligado à vigília. Por mais que os dois tenham trancado suas velhas tralhas cheias de memórias, não podem fugir de suas lembranças. Nestes dez anos, acharam que tinham se livrado delas, mas se enganaram. Elas estavam bem próximas, de tocaia, esperando com paciência o momento certo de dar o bote.

"Sim. É verdade. Foi um erro, mas desse erro veio Lisa."

"Lisa não é um erro. Lisa é uma dádiva."

Você está católico demais. Só falta agora se ajoelhar diante de Míriam, a Maria, a virgem imaculada que ofereceu a seu mundo a única pessoa que você foi capaz de amar.

"Foi uma dádiva ela ter te encontrado", ela diz.

Ele se pergunta se neste torvelinho sem sentido a que denominamos vida se há só uma missão a cumprir? Então a missão de Míriam, da mulher que se prostituía para vingar o pai em todos os homens, foi conceber uma filha e levá-la até ele? E quanto à sua missão? Dar amor a uma criança de cinco anos e amá-la para sempre? Se for assim, então Míriam pode ir embora, pode voltar para a cama de Vânia, deixando ele e Lisa sozinhos.

"Por que estamos só falando de Lisa?"

Outra pergunta estúpida. Para as crianças, a brincadeira funciona assim: pega-se o baralho e vai se construindo um castelo com as cartas. Quanto mais alto ele fica, maiores são as chances de ele desabar. Mas é excitante demais e mesmo que se tenha a certeza de que mais uma única carta vai desencadear a queda, não há como resistir.

"Não sei. Eu amo você. Mas seja o que for que aconteça a partir de agora, não vai ser como antes entre nós. Só não quero que você mude com a Lisa."

Uma frase fria, dada como um diagnóstico grave é dado por um médico à família da vítima. Quais são as chances de cura, doutor? Há sempre uma possibilidade. Trabalhamos com isso, ainda que as chances sejam mínimas, muito remotas. Ele não será mais o mesmo, mas não podemos alimentar falsas esperanças. Além disso, agora, é impossível adivinhar se haverá sequelas. De todo modo, nosso foco agora é mantê-lo vivo.

Jofre se levanta. Não quer falar mais nada. Não que não tenha mais o que dizer. São as palavras que secaram dentro dele. Um torpor assaltou seu corpo. Tudo o que deseja agora é deitar, dormir e torcer para que os sonhos não o atormentem.

Não diz nada a Míriam.

"Você vai dormir lá fora de novo?"

"Não", responde. Não quero atormentar o Ted, diz para si mesmo, e desaparece no escritório, onde se deita no sofá e adormece na mesma hora.

26.

Felizmente foi abençoado. Não sonhou e dormiu. Um sono de profundo esquecimento, quase um renascimento, ele pensa, abrindo os olhos no escritório ainda escuro e apalpando o sofá lembrando só agora que Míriam não podia mesmo estar ali. Desliga o despertador e tateia até o interruptor no fio do abajur. A pequena lâmpada não acende. Deve ter queimado, ele pensa enquanto espicha-se feito um gato. Abre a janela e vê o céu tingido de azul e rosa.

Não será como foi até agora. A frase de Míriam se acende na cabeça dele. Por que não? Por que não pode ser até melhor? Por quê? Porque eu te amo. E você é capaz de enxergar os dois abraçados e nus sobre a cama. É o que vai dizer a ela nesta segunda-feira. Mas só quando ela acordar, daqui a uns trinta ou quarenta e cinco minutos. Antes irá ao canil. Lá dirá a Ted que "está tudo bem, meu chapa. Foi só um tremor de terra. A casa continua de pé."

Enquanto caminha até a cozinha pensa se seria o caso de oferecer um dinheirão para a dona de Ted pelo cachorro. Tem certeza de que se o labrador pudesse milagrosamente pronunciar uma frase ele diria – eu quero viver com ele – sua dona, que a esta altura esquiva-se de imigrantes africanos e refugiados muçulmanos nas ruas de Paris, não resistiria e entregaria o labrador a ele.

A luz da cozinha também não acende. Não é nada. Vai ver são os disjuntores. A caixa dos disjuntores fica na cozinha ao lado da geladeira. Abre a caixa. Não, os disjuntores não caíram. Vai até a sala. Nenhuma luz acende nos dois grandes lustres em estilo colonial que eles compraram há uns nove anos.

Até há cinco anos, mais ou menos, qualquer raio por mais distante que caísse interrompia o fornecimento de energia. Os ventos derrubavam galhos e até árvores inteiras sobre os fios de transmissão. Já ficaram três dias sem energia elétrica. Depois a prefeitura podou inúmeras árvores nas margens das estradas e passou a dar uma manutenção mínima nos transformadores. Na época ele e Míriam tentaram mobilizar os moradores e os proprietários de chácaras e lotes para que ao invés de cortar árvores enterrassem todo o cabeamento. Eles dois e mais meia dúzia de pessoas, das mais de cem que haviam assinado o pedido, compareceram à audiência com o secretário adjunto, que alegou a inviabilidade da proposta em razão do alto custo. Mentira. Em menos de uma década a receita do município crescera pelo menos oito vezes, graças à expansão de loteamentos para receber condomínios de alto padrão e ao aquecimento da atividade mineradora, que se alastrava como um câncer fazendo montanhas inteiras desaparecerem. Não, ele não gosta da radicalização de alguns ambientalistas. Por eles, nem telefone eles tinham. No máximo energia elétrica e olhe lá. Mas mesmo assim aliou-se a eles algumas vezes para frear a devastação. O que conseguiram foi quase nada. Um percentual simbólico de pequenas áreas nativas protegidas. As mineradoras compravam vastas áreas de pequenos proprietários ou as alugavam, pagando uma pechincha por elas diante do alto lucro que rendiam. Nos últimos dois anos o preço da tonelada de minério de ferro caíra pela metade desencadeando uma onda de desemprego que não para de crescer. As estimativas para o ciclo de mineração se esgotar em uma área são de trinta a cinquenta anos. Bom, ele pensa, enquanto se dirige para o escritório a fim de comunicar a queda de energia à companhia de luz, não estará aqui para ver. Seus ossos estarão misturados e contaminados de sílica, o que fica depois do minério. Montanhas de areia cobertas de grama. Bonitinho de se ver. Só para se ver porque não se pode plantar nada.

No início mítico da grande nação uma frase reverbera até hoje ao longo das gerações, aqui em se plantando tudo dá. Bom, na terra dele não será mais verdade em pouco tempo. Não estarei mais aqui, reformula o pensamento, mas Lisa sim. E talvez os filhos dela, se ela os tiver, seus netos.

Jofre tinha todas as condições de deixar seu país. Quando era jovem pensou nisso várias vezes. Chegou a passar três meses em Londres e dois meses na Itália. Mas não aguentou e voltou. Por quê? Ele não tem a menor ideia. Amor? Como amar seu país se seu país o tempo todo pede para não ser amado? Vai morrer com esse mistério. Bom, nem tão misterioso assim. Há dez anos ele tem Lisa. Não vai arredar o pé daqui por causa de Lisa.

Retira o fone do gancho. Está mudo. Seu coração começa a bater aceleradamente, uma pulsação mórbida. O celular. Ele só usa o celular quando está em trânsito porque o sinal é fraco no sítio.

Lembra-se de repente dos relâmpagos da noite passada quando estava na varando com Míriam. Seria um raio que caíra sobre uma torre de transmissão? Provável. Mas e o telefone? Pouco provável. Só se uma rajada intempestiva tivesse arrancado uma árvore e partido os cabos. Provável. Ele dormiu profundamente, então era provável que não tenha ouvido.

Mas agora ouve – como foi possível não ter ouvido antes? - um coro de uivos durável esparramar-se no espaço, invadindo o silêncio da manhã.

Larga o fone no chão e corre para fora.

Pouco antes de seu pai morrer a única preocupação do velho era com relação ao que seria de sua alma quando seu corpo parasse de funcionar. Temia que ela ficasse flutuando por aí, desabrigada e sem poder voltar para sua antiga morada. Que ela fosse condenada à não extinção. O que pode ser pior do que a não extinção? A imortalidade.

Pensa por onde anda a alma do pai a dois metros de distância do corpo de Ted pendurado de ponta à cabeça em um galho da mangueira.

Uma crença compartilhada: frações de segundos antes de morrer vemos uma luz branca em um túnel e o filme de memórias de tudo que vivemos passar diante dos olhos. Uma crença que não pode ser provada.

Lembra do pai no dia em que ele chegou com três grandes livros de capa dura e azul. *O Livro dos Animais*. Pode sentir o cheiro liberado pelos copolímeros, a polpa dos dedos deslizando pela superfície do pólen. Terão sido os livros uma ponte lançada por onde o amor dele o alcançaria?

Ted está de olhos abertos.

Será que passou um filme na cabeça do cão? Será que ele, Jofre, estava nesse filme, no penúltimo capítulo, como uma amizade rápida, mas profunda? Ou Ted, quando viu seu carrasco se aproximar, chamou por ele? Procurou farejá-lo no escuro para que sua vida breve não fosse interrompida?

"Você vai dormir lá fora de novo?", tinha perguntado Míriam. Ele deveria ter respondido que sim. Ia dormir com os cachorros, ia dormir com Ted, desejar-lhe boa noite e assim evitar que o assassinassem. Mas não fez isso. Então eles cortaram os cabos da rua e deram um jeito de desarmar os alarmes. Atiraram um pedaço de carne, uma carne queimada ou esturricada, devidamente separada do churrasco de ontem, e colocaram chumbinho nela. Embora a venda de chumbinho seja proibida, é muito fácil comprá-lo. Lançaram para Ted e esperaram poucos minutos até seu corpo tombar sem vida. Então serraram o cadeado, retiraram seu corpo e o penduraram com uma corda de nylon presa às patas traseiras no galho da mangueira. Uma vingança completa. Uma vendeta. Para ele saber com quem estava lidando.

A mão de Míriam pousa em seu ombro.

Os dois não conseguem tirar os olhos da árvore.

Míriam aperta sua mão à dele. E pergunta:

"E agora?"

Sem olhar para ela, responde:

"Agora?"

QUARTA PARTE

Vós

A maior parte do que importa em nossa
vida acontece em nossa ausência.

Salman Rushdie

Trechos de um caderno contendo o diário de Lisa Monteiro

"Oi, diário.

Não fique triste comigo porque fiquei longe de você por dez dias. Não é tanto tempo assim, você não acha? Mas agora estou de volta e prometo que não vou te abandonar mais.

Amanhã eu faço dez anos. Puxa, que tempo! Finalmente! Vou para dois algarismos como o papai me disse hoje enquanto a gente brincava na piscina. Tenho certeza que com dez anos muita coisa legal vai acontecer."

"Oi, diário.

Desculpe não ter aparecido ontem. É que foi o meu aniversário e não tive tempo. Teve bolo na escola. Ganhei um presente do Beto. Acho que gosto dele. Ele me deu um ursinho de pelúcia muito fofo.

A Val veio aqui pra casa e dormimos na minha cama. Conversamos e brincamos de boneca e minha mãe deixou a gente jogar The Sim's no computador até as dez! Só porque era meu aniversário.

Meu pai me deu três livros de animais. Os animais são lindos e alguns são bem estranhos."

"Oi,

Hoje eu perguntei para os meus pais porque eles não fazem um irmão para mim. Papai perguntou por que eu queria um irmão. Para cuidar dele, ué! Eles riram de mim mas eu não achei nada engraçado.

Eu não sou filha do papai. Quer dizer, sou filha dele sim. Mamãe me explicou quando eu era criança. Na época eu não entendi direito. Hoje eu entendo, mas para mim papai é só um. Meu papai.

A Val disse no recreio que meu pai é mais legal do que o pai dela. Fiquei com pena dela. Mas acho mesmo que o meu pai deve ser mais legal do que o pai dela. E do que todos os pais do mundo. E o mais engraçado também."

"Oi, diário,

Não deu para escrever ontem porque a Val passou o fim de semana com a gente. Ela foi embora hoje. Brincamos de The Sim's e vimos um filme do Jared Letto. Ele é muito lindo! Ai, eu queria namorar com ele.

Uma coisa me deixou beeemmm brava ontem. Na hora de dormir a Val ficou passando a mão no meu peito. Não briguei com ela, mas virei para o lado e fiquei de braços cruzados. Tem dias que a Val é muito chata e muito estranha.

Uma coisa foi legal neste fim de semana. Hoje o Zenon me trouxe umas flores lindas. O Zenon é muito fofo. Eu podia ser namorada dele. Mas ele é beeeeemmmm mais velho. Ele tem vinte anos e ele me trata como criança. Saco! Mas quando ele me dá flores ele me chama de princesa. A Val ficou mortinha de ciúmes por causa disso e disse que ele é feio. Eu falei que ela só disse isso porque ele trouxe as flores só para mim. Ela fechou a cara, mas depois a gente foi nadar e foi muito legal.

Eu queria crescer rápido para namorar o Zenon. Mas isso é impossível. Vai demorar muito até eu crescer."

"Oi,

A aula de matemática, como sempre foi muito chata. Eu e a Val ficamos fazendo careta para o professor. Ele é um velho beeeemmm chato.

Depois da escola foi muito legal. Papai me levou ao shopping e eu comi um BigMac com batata frita. Eu sei que o papai detesta shopping e que ele me levou só porque eu gosto. Eu amo muito o meu pai. Ele comprou um esmalte bem divertido para mim. Em casa ele pintou a unha do dedão do pé dele com o meu esmalte. Acho que papai é beeemmm louco.

Agora vou ter que fazer a lição. Ai, que saco!

Tcheieeuu!!!"

"Oi,

A Val me disse hoje no recreio que os pais dela vão se separar, mas ela disse que não estava triste por causa disso. Ela disse que a mãe dela estava traindo o pai com outro homem. Que nojo! Coitada da Val. Ela disse que não quer morar de jeito nenhum com a mãe.

O papai e a mamãe não brigam nunca. Às vezes ele diz uma coisa e ela diz outra coisa. Mas não é briga. Sou uma filha de sorte. Eles não vão se separar nunca. Eles são como irmãos. E os irmãos não se separam nunca.

Bye, bye ♥"

Créditos

As frases dirigidas a N. no capítulo "E-mail enviado" foram, com algumas alterações, tiradas do romance *A Caixa Preta* de Amós Oz, Companhia das Letras, 1996. As informações referentes aos mitos greco-romanos tiveram como fonte o livro *Vocabulário e Fabulário da Mitologia* de Joaquim Chaves Ribeiro, Livraria Martins Editora. 1962.

Esta obra foi composta em Adobe Garamond,
e impressa em papel pólen soft 80 g/m² para
Editora Reformatório em julho de 2018